UN BAISER DE REINE

PAR

A. Guignery

E. Bernard et Cie, Éditeurs, Paris.

Petite Collection E. BERNARD

N° 2

" ROYALES AMOURS "

Un Baiser de Reine

Par Adrien GUIGNERY

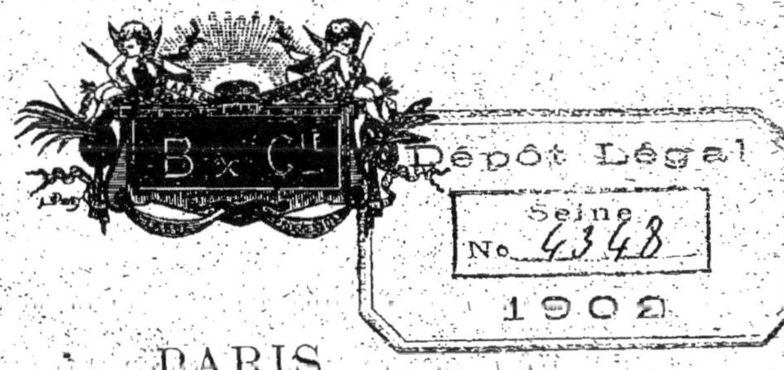

PARIS
E. BERNARD ET Cie, IMPRIMEURS-ÉDITEURS
29, Quai des Grands-Augustins, 29

UN

Baiser de Reine

I

Vers le déclin de la journée du 30 octobre 1625, un jeune cavalier de fière et joyeuse mine entrait à Paris par la porte Bordelle ; suivait la rue de ce nom et arrivait rue Traversine où une superbe enseigne appela son attention... Il arrêta son cheval afin d'avoir le loisir de contempler l'énorme plaque de tôle qui, balancée par le vent, grinçait suspendue à une potence de fer.

A LA FORTUNE

ICI, L'ON BOIT, MANGE, LOGE ET AIME,
JEANOT LEVENTRU... AUBERGISTE.

Une femme nue, — ou presque, — puisque seul un bandeau voilait ses regards, et une mèche de cheveux blonds... autre chose, se tenait en équilibre sur une roue. De ses mains tombaient des pistoles et des roses.

L'artiste auteur de ce « chef-d'œuvre » avait doté dame Fortune, de seins plantureux, de hanches énormes et de joues rebondies.

— Sandious! — murmura le cavalier — l'enseigne est alléchante... La Fortune et l'Amour... juste ce qui me manque et ce que je désire...

Il descendit de cheval...

Comme Leventru n'avait pas encore donné signe d'existence, le chercheur d'Amour attacha la bride à un anneau fixé dans la muraille; donna une tape sur la croupe de la bête qui hennit de plaisir, et se mit en mesure de franchir les cinq marches du perron par lesquelles on accédait au cabaret de Jeanot Leventru.

— Hola! ho!... Cabaretier! cabaretière! valets et servantes!... Est-ce ainsi que l'on reçoit le voyageur que Dieu vous envoie?...

Un gaillard à la mine rubiconde, à la panse exagérément rebondie et à la trogne vermeille, parût sur le seuil de l'une des portes donnant accès dans la salle.

— Excusez-moi, mon cavalier, mais...

— Dis: « Mon gentilhomme... »

— Excusez-moi, mon gentilhomme, si je n'ai pu deviner votre présence; j'étais occupé à tordre le cou à quelques poulets; à saigner quelques canards; à...

— Arrête!... Tu m'en fais venir l'eau à la bouche...

— Le fait est que les nobles estomacs qui auront à digérer ma cuisine seront satisfaits, dit orgueilleusement le gros homme.

— La noblesse fréquente chez toi ?

— Je m'en fais gloire et honneur...

— Sandious !... Je consens à te donner ma pratique...

— Enchanté !...

Ce mot tomba des lèvres lippues et dédaigneuses du cabaretier qui jugeait piètre l'aubaine d'une pratique aussi pauvrement vêtue...

Costume de fort velours brun ; bottes solides, mais sans la moindre élégance ; manteau gris sombre taillé en pleine étoffe rustaude ; feutre gris orné d'une plume noire. En revanche, la rapière dont la garde était merveilleusement ciselée trouva grâce devant Jeanot qui ne fut pas maître de retenir une admirative exclamation.

— La merveilleuse épée ! s'écria-t-il.

— Elle fut donnée à mon père par le bon roi Henri, répondit le gentilhomme, et je compte la léguer un jour à mes fils.

— Serait-il indiscret de vous demander le nom de vos aïeux ?...

— Miramas : je suis le dernier rejeton d'une nombreuse lignée dont les membres furent bons royalistes... Presque tous ont succombé sur les champs de bataille, ou sont morts des suites de trop nombreuses blessures reçues face à l'ennemi... Je ne veux pas que le nom de Miramas disparaisse... Grâce à moi il subsistera... illustre.

— Je vous le souhaite, monsieur le chevalier...

— Non !

— Monsieur le baron...

— Plus haut!

— Monsieur le marquis...

— Encore plus haut!...

— Monsieur le comte...

— Très-bien!...

— Je suis au désespoir, monsieur le comte, — répondit Leventru dont les prétentieuses paroles du gentilhomme avaient éveillé la méfiance; — mais toute ma maison est retenue par la noble compagnie qui dans un instant doit venir se délecter chez moi... Allez en face, où la clientèle est plus rare et le service moins coûteux; car soit dit sans vous offenser, pour un comte, vous me semblez en piètre équipage...

La colère empourpra la face du dernier Miramas.

— Par l'enfer où Satan te réserve la plus chaude place!... Par Proserpine qui te déchirera avec ses ongles rougis, tu oses parler ainsi à Renaud, comte de Miramas... Ecoute bien, maroufle!... Je veux manger de ta cuisine...

— Mais!...

— Je veux vider quelques bouteilles de ton meilleur vin...

— Permettez!...

— ... J'entends que pour bassiner mon lit, en Hiver tu y fasses d'abord coucher ta femme, si elle est blonde et dodue... J'entends qu'en Eté, tu me fasses éventer par ta servante, si elle est brune et maigre comme une gitane...

— Mais!... mais!...

— Je veux !... Tu entends !... Je VEUX te faire cornard, si ta femme est jolie... Je « causerai » aussi avec tes filles et tes servantes...

Miramas qui avait saisi Jeanot par un bras, faisait pirouetter cette masse de chair comme s'il ne se fut agi que d'un enfant...

Le bonhomme dont la colère congestionnait la face, s'écria :

— Ma femme est laide et mes servantes horribles !..,

— Menteur !...

— C'est faux !!...

Les exclamatives protestations venaient d'être lancées par trois femmes qui pénétrèrent dans la salle du cabaret.

— Ah ! je suis laide ! — s'écria une blonde et solide commère dont les trente-cinq ans avaient amené l'épanouissement des charmes. — Ah ! vous trouvez que je suis laide, maître Jeanot... Eh bien !... à partir d'aujourd'hui nous ferons chambre à part.

— Je suis horrible ! — glapit une brune fille aux yeux noirs et aux lèvres rouges, — pourquoi donc alors que vous cherchez toujours à m'embrasser dans les petits coins ?...

— Il fait cela ? dit Mariette Leventru.

Oui maîtresse, aussi vrai que je me nomme Rosa.

— A moi, il cherche bien à pincer les... mollets et à embrasser le cou, confessa une assez jolie fille dont les cheveux châtains et les yeux gris allaient bien avec le nez retroussé et la bouche spirituelle.

— Marton, aussi ! s'écria Mariette Leventru qui, les bras croisés, les yeux injectés de sang, s'était approchée de Jeanot dont les bajoues tremblotaient de frayeur...

Miramas, vengé, riait de cette scène dont il avait été le promoteur.

— Pardon !... Je ne le ferai plus, balbutia le cabaretier...

— Misérable ! dit Mariette qui pinça fortement la chair molle de son époux.

— Aïe !... Aïe !... Aïe !... Aïe !...

L'épouse outragée avait pincé quatre fois...

— Maintenant, retournez à vos sauces...

— Avec joie, ma douce amie...

Jeanot, tout en se frottant le bras, disparut par la porte donnant sur les cuisines...

— Je regrette, monsieur le comte, que les imbécilités de mon mari aient été cause de la scène de ménage qui vient de se produire sous vos yeux, et qui doit vous donner une déplorable idée de notre cabaret, dit Mariette en faisant une révérence à Miramas.

— Si Jeanot est bête et laid, en revanche, sa femme est spirituelle et jolie, répliqua le gentilhomme qui prit un baiser sur le cou de la blonde commère charmée.

— Déjà !... murmura-t-elle.

— Pourquoi ne pas goûter de suite aux bonnes choses ? dit galamment le jeune Renaud.

Mariette sourit et lui décocha une œillade qui en promettait long ; puis elle commanda :

— Rose, ma fille, conduit le cheval de monsieur le comte à l'écurie ; tu diras à Guillaume de le bien bouchonner et de lui donner double ration d'avoine.

— Oui, maîtresse...

— Quant à toi, Marton, va dans la salle réservée aux gens de qualité qui ne vont pas tarder à venir... Tu veilleras à ce que le couvert soit bien dressé...

— Oui, dame Mariette.

Les servantes disparurent, la femme de Lucas vint à Renaud et le regarda sans parler.

La moustache naissante, la peau brunie par le grand air, les yeux noirs et les lèvres rouges firent une voluptueuse impression sur la blonde commère qui admira les longs cheveux noirs et bouclés du comte.

— Vous êtes beau, dit-elle en posant ses lèvres sur celles du gentilhomme. Venez, c'est moi qui désire vous guider vers la chambre que vous occuperez *A la Fortune*.

Renaud, mis en amoureux appétit par ce baiser de femme, suivit son hôtesse...

— Je ne serai pas fâché de plonger mon visage et mes mains dans l'eau fraîche, dit-il... pour dire quelque chose.

— Je vous donnerai TOUT ce que vous pourrez désirer, dit-elle en indiquant à son hôte la route à suivre...

Ils traversèrent un jardinet planté de fleurs et

arrivèrent à un coquet pavillon.

Mariette ouvrit la porte...

— Vous serez ici chez vous, dit-elle en faisant visiter au comte les deux chambres principales qui étaient vastes et richement meublées.

— C'est logis de duchesse, fit observer Renaud.

— De grandes dames y abritèrent leurs amours, déclara Mariette. Ces glaces ont reflété de jolies scènes... Ce lit a été témoin de bien voluptueuses caresses.

Miramas qui avait eu soin de fermer la porte, entoura la taille de la jeune femme dans l'étau de son bras gauche et l'attira contre sa poitrine.

— Regarde dans les glaces, dit-il en dégrafant le corsage de dame Leventru, la scène est jolie, n'est-ce pas?

Mariette ne répondit pas; mais ses lèvres s'unirent à celles du comte; ses caresses prouvèrent qu'elle voulait être aimée sur ce lit où de grandes dames se pâmèrent sous de folles étreintes.

. . . .

Lorsque la cabaretière regagna la salle, de nombreux clients y buvaient et mangeaient...

Marton prévint sa maîtresse que des gens de qualité venaient de descendre de carrosse devant la porte du jardin qui donnait sur le Champ Gaillard.

— C'est bien !... Je cours les recevoir...

— Maîtresse !...

— Que veux-tu?

— Vous êtes décoiffée...

— Recoiffe-moi vivement...

— Votre corsage est dégrafé...

— Il fait si chaud...

— Comme vos joues sont rouges.

— C'est le sang qui m'est monté à la tête...

— Jamais vos yeux n'ont autant brillé...

Mariette donna une claque, douce comme une caresse, à la rusée servante qui venait de remettre sa coiffure en état; puis tout en courant, elle reboutonna sa guimpe.

Marton sourit en pensant que la tête de Jeanot était ornée d'une nouvelle paire de cornes... Elle se promit de goûter aussi la suprême caresse entre les bras du gentilhomme... Quant à la brune Rose, elle se sentait devenir amoureuse du comte.

Dans de telles dispositions les « cotillons » du cabaret devaient s'ingénier pour satisfaire les moindres caprices de Renaud...

Depuis quelques instants, un jeune abbé, Paul de Gondi, trapu et fort noir de peau, était entré dans le cabaret en compagnie d'un autre abbé franchement laid, Paul Scarron.

Gondi, dont le visage manquait de régularité, péchait également par la distinction de ses manières.

Descendant de la puissante famille de Retz et neveu de l'archevêque de Paris, on le poussait aux ordres, afin de l'amener un jour à succéder à son oncle; mais cela lui déplaisait au point de faire de telles fredaines, de se lancer dans de si scabreuses aventures que l'état auquel on le destinait devint impossible pour lui... Jusqu'à présent cette combinaison n'avait guère été couronnée de succès...

Scarron était le fils d'un conseiller au parlement remarié en secondes noces. On le destinait à la prêtrise pour favoriser les enfants de l'autre lit... Gondi comme son ami Scarron n'avait qu'une médiocre vocation pour l'état ecclésiastique.

Mariette revint en compagnie de deux gentilhommes masqués...

Scarron et Gondi ne reconnurent pas, sous ce travestissement, Ninon de Lenclos et Marion Delorme, — Les deux plus jolies pécheresses du royaume, — avec lesquelles un souper avait été concerté.

Ce ne fut qu'après avoir vu les « gentilshommes » pénétrer dans la salle réservée qu'ils y entrèrent à leur tour.

— M'expliquerez-vous le motif qui vous a incité à revêtir ces vêtements masculins, mes toutes belles ? demanda Gondy.

— On s'aperçoit bien à votre question, l'abbé, que vous soupez habituellement avec des vertus qui ne craignent pas la médisance, répliqua Marion.

— Qui ne la redoutent plus, ajouta Ninon.

— Je ne m'inquiète jamais de la vertu des femmes, confessa Gondi...

— Et pourquoi donc ? ?

— Je ne m'intéresse qu'à leur beauté...

— Et moi à leur esprit, déclara Scarron. Voilà pourquoi, Mesdemoiselles, nous aimons à passer des instants — hélas ! trop rares — en votre compagnie..

Deux clairs et moqueurs éclats de rire saluèrent ces aimables paroles...

— Mais, par l'Archevêque, mon saint oncle !... Une lumière brille dans le pavillon du jardinet, s'écria Gondi.

— Je donnerais les trois quarts de mon nez pour connaître le nom des heureux amants qui doivent s'y aimer à cette heure, déclara Scarron.

— Fi !... Fi !... les curieux, dit Ninon en faisant les cornes aux abbés...

— Ils sont avec de jolies femmes et ils pensent à ce que d'autres peuvent faire dans la pièce voisine... C'est montrer bien peu de cas de vos compagnons, dit Marion...

— Je proteste ! s'écria Gondi, Scarron seul a parlé...

Mariette qui avait entendu ces paroles pensa que les femmes aimées — on le disait du moins — par le duc de Richelieu ; courtisées par les plus nobles seigneurs du Royaume, pourraient être utiles au comte de Miramas dont le souvenir des vigoureuses étreintes faisait encore tressaillir sa chair.

— Le pavillon est occupé par un gentilhomme provençal, dit-elle négligemment.

— Jeune ?

— Beau ?

— Riche ?

— Puissant ?

Ces questions adressées par les convives n'en firent, pour ainsi dire, qu'une seule tant elles avaient été spontanément prononcées avec ensemble.

Mariette qui possédait l'entière confiance de ses jolies voisines, — Marion et Ninon habitaient rue des Tournelles, — sourit en les voyant désireuses d'être renseignées sur le compte du gentilhomme.

— Oui, mesdemoiselles, IL est jeune et beau... Quant à la richesse et à la puissance, il a fait des centaines de lieues à cheval pour venir les conquérir à Paris.

— Son nom ?...

— Son titre ?...

— Renaud de Miramas, belle Marion... Il est comte, charmante Ninon, répondit Mariette qui baisa la main des deux jolies créatures.

— Vive mon oncle ! s'écria Gondi, invitons ce provincial à partager notre souper...

— Oui !...

— Oui !... dirent Ninon et Marion.

La lumière qui filtrait à travers les volets du pavillon fut éteinte...

— Il est couché, dit Scarron.

La porte s'ouvrit. La haute et charmante silhouette de Renaud parût éclairée d'un rayon de lune.

— Mais il est superbe ! s'exclama Ninon...

Marion précédée de Mariette quitta la salle réservée.

Au moment où le comte pénétra dans le cabaret, elle fit un pas au devant de lui et s'inclina légèrement.

— Nous venons d'apprendre, comte de Miramas, que vous alliez souper solitaire... Aussi, mes amis m'ont déléguée pour vous inviter à honorer notre repas...

— Mordious ! mon beau gentilhomme, j'accepte avec reconnaissance... Je vous revaudrai cela quand vous passerez par Miramas ; à moins qu'avant je trouve l'occasion de vous être agréable...

— Venez, comte, dit Marion...

Miramas fut présenté aux abbés, qui à leur tour présentèrent le chevalier Raoul et le vicomte Olivier.

— Mais comment avez-vous appris ma présence ? demanda Renaud.

— Tout se sait à Paris, répliqua Olivier-Ninon.

— La police du Cardinal, dit à voix basse, Raoul-Marion.

— Sandious ! mes gentilshommes, si cette police s'occupe ainsi des honnêtes gens, les canailles doivent s'en donner à cœur joie dans l'île de France, s'écria Renaud.

— En effet, répliqua Scarron, on y coupe les bourses et vole les manteaux en plein jour... Les *raffinés d'honneur* se coupent la gorge pour le plus grand plaisir des badauds...

— Les *raffinés d'honneur ?*

— Ce sont des gaillards recrutés un peu partout... Gentilshommes de noblesse douteuse, prêts à se battre au moindre signe de ceux qui les emploient... Toujours à l'affût d'un naïf à détrousser... Braves, joyeux compagnons ; redoutés du plus grand nombre... Méprisés de tous les hommes loyaux...

— Ils auront à compter avec moi ! déclara Renaud qui leva la tête d'un air de menace.

— Redoutez plutôt d'avoir une affaire avec eux, conseilla Scaron.

— Et pourquoi donc ?...

— Aucun scrupule n'arrête ces gens-là... Si vous les mettez loyalement à la raison par la force de votre épée, ils vous dresseront un piège dans lequel vous tomberez infailliblement.

— Le roi ? Son Eminence ? interrogea Miramas.

— Le roi n'a aucune autorité sur eux, répondit Ninon... Quant au cardinal...

— Il les emploie, ajouta Marion.

Un brouhaha fait de rires, de jurons et d'exclamations arriva jusqu'aux oreilles des soupeurs.

— Vous êtes servi à souhaits, comte, dit Gondi, voici quelques-uns de ces drôles qui viennent ici prendre leur repas.

En effet dans la pièce voisine, quelques spadassins allaient faire honneur à un frugal, mais copieux souper...

— Je reconnais l'organe énergique de Laffemas, dit Marion.

— Laffemas ? interrogea Renaud.

— Le chef de ces « risque tout » expliqua Gondi.

— Je quitterai le service de Son Eminence, disait une voix enrouée.

— Et pourquoi ?

— Parce que mon épée se rouille à rester inactive, Monsieur de Laffemas...

— Patience ! Montchardon...

— Vous n'avez que cela à nous répondre... En atten-

FACILE CONQUÊTE....

dant je n'ai plus une pistole en poche ; mes amis sont aussi pauvres que moi...

— C'est vrai !!! s'écrièrent quelques voix...

— Son Eminence a bien voulu, sur ma prière, vous accorder une avance de dix pistoles par épée...

— Vive le Cardinal !... Vive Laffemas !

— J'ai deux épées, dit une voix de fausset, j'aurai donc vingt pistoles....

Une bordée de jurons accueillit la prétention exagérée de l'homme si bien armé. Laffemas donna dix pistoles à chacun de ses complices...

Le bruit des fourchettes, des couteaux, des mâchoires et des gobelets recommença de plus belle. La nourriture et le vin firent monter le sang au cerveau de ces drôles dont les yeux lancèrent de farouches lueurs...

— Monsieur de Laffemas, demanda un grand escogriffe dont l'œil droit était couvert d'un bandeau noir, vous nous obligeriez infiniment en nous indiquant à la santé de quel personnage nous allons boire ?

— Par ma rapière !... La Licorne, vous perdez la raison répliqua le *bravo*. Buvons à la santé du Cardinal, notre maître...

— Au Cardinal !!!!!! hurlèrent six voix avinées...

— Maintenant, buvons à la santé des femmes jeunes et jolies, proposa un gros blond aux yeux couleurs de faïence qui répondait au nom prétentieux d'Apollon de Belamour.

— Aux femmes jeunes et jolies !!!!! répétèrent les coupe-jarrets...

On buvait ferme, et Guillaume qui aidait Jeanot à verser le nectar suait à grosses gouttes.

Jamais, et pour cause, les servantes n'étaient autorisées à servir Laffemas et ses acolytes.

— Ça manque tout de même de minois fripons, soupira Belamour.

— Du bon vin !... Des femmes !... que faut-il de plus pour être heureux ? demanda béatement Nestor Trichard, l'homme aux deux épées...

— Il faut de l'or !...

— Des honneurs !...

— De la gloire !...

— Pouvoir manger sans cesse !...

— Boire toujours... même en rêve !...

— Être adoré pour soi-même !... s'écrièrent selon leurs secrètes convoitises les *raffinés d'honneur*.

A ce moment, venant de la rue, des cris et des applaudissements attirèrent l'attention de Laffemas qui se trouvait près de la porte.

Le chargé des mauvaises œuvres du cardinal aperçut quelques bohémiennes qui dansaient au son du tambourin.

Une idée infernale traversa son cerveau :

« Voilà de quoi satisfaire mes hommes », avait-il pensé.

Il fit quelques pas dans la rue Traversine et s'écria :

— Entrez au *Cabaret de la fortune*, belles filles, vous y ferez une ample moisson de pistoles...

Alléchées par cette riante perspective, les danseuses ne se firent pas prier pour pénétrer chez Leventru où leur entrée fut saluée par une admirative exclamation.

Elles étaient une dizaine couvertes d'oripeaux aux couleurs éclatantes.

Toutes semblaient jolies, portant avec aisance la petite veste brodée d'or faux et de perles plus fantaisistes encore.

Leurs voiles de gaze pailletée d'or clinquant scintillaient au jeu des lumières.

Des couronnes de séquins enserraient leur noires chevelures... De lourds anneaux de cuivre, d'argent et d'or, cerclaient les bras, les poignets et les mignonnes chevilles.

Devant les figures enluminées par le vin des *raffinés d'honneur*, les danseuses hésitèrent à pénétrer jusqu'au fond du cabaret. Elles craignaient un guet-apens.

— Entrez, belles sultanes, ces nobles capitaines ne vous mangeront que des yeux, dit Jeanot.

— Qu'elles sont jolies! s'écria Belamour.

— A leur beauté! dirent ses camarades qui vidèrent leurs gobelets en l'honneur des jeunes femmes.

Des gobelets et des verres furent présentés aux danseuses dont les yeux noirs incitaient aux idées les plus sensuelles.

Toutes refusèrent de tremper leurs lèvres rouges dans le vin. Elles craignaient qu'un narcotique n'y eût été versé...

Courageuses et prudentes, ces filles de bohême qui gagnaient leur existence au milieu des vicieux et des débauchés tombaient assez fréquemment dans des pièges infâmes, d'où elles sortaient souillées, meurtries, dépouillées de leurs parures et de leurs bijoux... Aussi se tenaient-elles toujours sur le « qui-vive! »

Gondi, Scarron, Miramas et leurs jolies compagnes ayant ouvert la porte de leur salle pouvaient ainsi, sans quitter la table, voir la scène qui était jouée dans le cabaret.

— Quel est votre pays, belles filles? interrogea Laffemas.

La plus jolie du groupe, celle dont les vêtements de velours et de soie rouge étaient les mieux ornés, s'avança et riva ses regards sur ceux du capitaine.

Les grands yeux noirs et fascinateurs de cette brune créature, ses lèvres rouges comme le plus pur carmin, ses narines frémissantes annonçaient un tempérament de feu.

Laffemas fut ébloui par tant de séductions... Il était pour la première fois de sa vie, — peut-être — frappé au cœur.

La brune fille dit lentement :

— Nous sommes des Gypsies, filles de l'Inde... On nous nomme Zingaries en Italie, Gitanos en Espagne, Bohémiennes en France... Nous marchons droit devant nous au hasard des grands chemins... Aujourd'hui dans ce cabaret... Demain... là-bas...

La jolie narratrice fit, de sa main chargée de bagues étincelantes, un geste tout de grâce poétique pour indiquer les horizons sans fin.

— Continue... Parle encore, — implora Laffemas,

plus ému qu'il ne se le fût avoué s'il eût songé à s'interroger.

— Tu as promis des pistoles. Les filles d'Orient obéiront aux fils de l'Occident... si elles peuvent obéir aux ordres qu'ils donneront.

La gypsie croisa les bras sur sa poitrine... Sur son visage rayonna un sourire de suprême orgueil.

— Tu sembles fière, dit Laffemas.

— J'attends! dit la gypsie dont le pied mignon et impatient battait fébrilement le sol.

Un murmure des sacripants accueillit l'audacieuse réponse sortie des lèvres rouges de la fille de l'Inde.

— Cette charmante créature a mille fois raison, Messieurs, dit Laffemas. Fière bayadère, ajouta-t-il, nous désirons, ces gentilshommes et moi, admirer tes danses et celles de tes compagnes... Si tu veux bien y consentir.

La gypsie acquiesça d'un signe de tête ; puis donna le signal.

Les danseuses s'élancèrent en agitant les castagnettes espagnoles et les tambourins à grelots de cuivre qu'elles tenaient en pénétrant dans la salle.

Alors commencèrent des mouvements bizarres qui, s'animant par degrés, atteignirent une rapidité inouïe.

L'ivresse du vin et celle de désirs fous faisaient étinceler les yeux des buveurs.

Laffemas se tenait debout appuyé contre la cheminée. Il ne pouvait détourner ses regards de la brune, fière et superbe fille ou femme qui ne prenait aucune part aux ébats de ses compagnes, bornant son rôle à faire courir ses doigts agiles sur la peau d'âne d'un tambourin...

... Les danses devinrent lascives et provoquantes... Les corps félins des ballerines semblaient s'offrir, puis brusquement se dérober en d'harmonieux mouvements.

Les sens des *raffinés d'honneur* étaient surexcités par tant de charmes voluptueux. Les odeurs de femmes que dégageaient ces beaux corps aiguisaient leurs désirs.

— Et toi, belle entre les plus belles, ne vas-tu pas nous charmer par tes danses? demanda Laffemas qui s'était rapproché de la gypsie.

— Non, mon gentilhomme, Zora ne dansera pas ce soir...

— Zora, répéta le capitaine. Comme ce nom est doux.

Un sourire, laissant voir les plus jolies dents qui jamais ornèrent une bouche de bohémienne, entr'ouvrit les lèvres de la splendide créature.

— Si tu ne veux pas consentir à danser, murmura Laffemas, laisse-toi aimer?

— Pas davantage... trop aimable gentilhomme.

Le spadassin s'approcha plus encore de Zora.

— C'est que je t'aime... moi... dit-il fièvreusement.

— Votre cœur s'enflamme aisément... voilà tout, répliqua en souriant la cruelle.

— Laisse-moi t'adorer, Zora...

— Non...

— Je te donnerai de l'or... Le cardinal qui n'a rien à me refuser me fera puissant... et je te ferai hommage de cette puissance.

— Non!... Non!... Mille fois non!...

— Je suis ensorcelé!... Je t'aime et je te veux... Tes lèvres... Donne-moi tes lèvres...

Laffemas s'était avancé jusqu'à effleurer Zora... Il respirait avec ivresse les subtils et grisants parfums qui s'exhalaient — comme s'exhalent les parfums des fleurs printanières — de ce corps resplendissant de jeunesse et de force.

— Jamais! s'écria Zora qui cherchait à repousser le capitaine dont le souffle brûlant effleurait déjà le visage.

— Je saurai bien te ravir ce que j'implorais! s'écria Laffemas affolé par d'impérieux désirs... Je commande!... Je suis le maître!... Tout plie sous le poids de ma volonté... et tous s'inclinent devant mes ordres.

— Excepté moi!... répliqua la bohémienne qui déjà portait la main au poignard dissimulé dans les plis de sa ceinture de soie rouge.

— C'est ce que nous allons voir, ma diablesse! s'écria Laffemas dont les bras puissants s'efforçaient d'enserrer la taille de Zora.

Souple comme une couleuvre, la brune fille s'était habilement dérobée à l'étreinte.

— Tu veux donc mourir, audacieux capitaine? dit-elle en montrant le poignard...

Devant le tableau tragique formé par Laffemas et Zora la scène changea instantanément d'aspect...

Les bohémiennes repoussèrent les *raffinés d'honneur* qui, suivant l'exemple donné par le chef, étaient devenus audacieux... Elles tirèrent chacune un stylet de leur ceinture; puis prenant position devant Zora, elles firent à la farouche fille un rempart de leurs jeunes poitrines.

Ce mouvement, à la fois offensif et défensif fut exécuté en moins d'un quart de seconde.

La colère et le désir faisaient saillir les veines sur le front pâle du capitaine.

— Es-tu donc assez folle pour oser me braver en face, imprudente fille? demanda-t-il.

Oui, misérable, j'ai cette audacieuse folie.

— Malheur à toi!...

— Je te brave!...

— Malédictions et fléaux sur ta race de bohémiens!...

— Si tu oses toucher à un seul de nos cheveux; si par ton ordre une goutte de sang s'échappe de nos veines, je t'affirme, bandit, que les hommes de notre tribu te pendront par les pieds au-dessous de l'enseigne de ce cabaret... J'ai dit!... Te voilà prévenu, violenteur de femmes.

— Race de démons! hurla le capitaine dont la colère atteignait le paroxysme. Imitez-moi, messieurs!. Vous réclamiez des femmes tout à l'heure ?... En voilà!... Prenez ces belles tigresses !... Elles sont à vous!...

— De quel droit? s'écria Zora.

— Du droit que donne la force, répliqua Laffemas.

— Lâches! répliqua la bohémienne. Si les femmes de ma race se livrent volontiers par amour de la Volupté; jamais elles ne cèdent devant la violence... Elles tuent... ou meurent...

Le stylet bien tenu par l'étau-fermé de leurs doigts nerveux, les gypsies attendirent, farouches, le heurt des mâles; résolues à jeter dans les bras glacés de la Mort ces larrons de baisers et d'amour.

Jeanot Leventru, aidé de Guillaume et de Nicaise, ses valets d'écurie, avait enlevé tout le matériel susceptible d'être brisé au cours de la bagarre inévitable maintenant. Les gobelets et les brocs d'étain restaient seuls sur les tables.

Mariette, Rose et Marton s'étaient réfugiées dans la cuisine.

Miramas, Marion, Ninon et les abbés, dont une solide rapière ornait le côté gauche, n'avaient pas perdu de vue les phases du drame angoissant qui se jouait à six pas d'eux.

— Je crois le moment venu d'en découdre, dit le chevalier Raoul-Marion...

— C'est assez mon avis... Qu'en pensez-vous, messieurs? demanda le vicomte Olivier-Ninon.

— Pourquoi nous interposer entre des spadassins et des danseuses? dit Scarron.

— Que la canaille se tue entre elle, ajouta Gondi.

Quant à Renaud de Miramas, il avait tiré sa rapière hors du fourreau et s'était lancé sus à l'ennemi...

— Moi vivant, s'écria-t-il, — je déclare qu'aucune violence ne sera exercée contre ces femmes...

A la stupeur causée par les paroles énergiques et l'intervention inattendue du comte, succéda la colère...

— Qu'est-ce à dire? — interrogea dédaigneusement Laffemas.

— Moi vivant — je le répète — vous ne toucherez pas à ces femmes.

D'un bond il s'était placé entre les bohémiennes et leurs agresseurs.

— Par l'Enfer !... Occupez-vous de ce qui vous regarde, mon jeune seigneur... sinon !...

— Laffemas termina cette phrase par un geste de terrible menace...

— Sinon ?...

— Tu mourras ! rugit le capitaine qui s'élançait, l'épée haute, sur Miramas.

Les sacripants qui avaient dégainé n'attendaient qu'un appel venant de leur chef pour frapper le comte — lâchement par derrière...

— Nous n'allons pas laisser assassiner ce courageux gentilhomme, dit Marion...

— A la rescousse ! s'écria Laffemas...

— A la rescousse !!! répondirent Ninon de Lenclos, Marion Delorme, Gondi et Scarron en courant sus aux bandits qui déjà — obéissant à l'appel de leur chef — allaient traitreusement frapper Renaud.

Des cris de rage et de douleur accueillirent l'intervention des amis du comte...

La partie s'égalisa presque... Laffemas et ses complices maudirent cette intervention...

Jeanot, caché sous une table, claquait des dents. Une pâleur terreuse avait envahi son visage boursouflé... Dans la cuisine, les femmes faisaient des vœux pour la complète extermination des *raffinés d'honneur*.

Laffemas et Renaud avaient engagé le fer...

Apollon de Belamour avait peine à se défendre contre de Gondi... Jupiter le Terrible, géant à la voix de stentor s'était attaqué à Scarron.

Marion Delorme et Ninon de Lenclos allaient avoir à se défendre contre les attaques de Nestor Trichard, l'homme aux deux épées, et Marius de Cougargousse, lorsque Zora se rendant compte de l'imminence du danger couru par les abbés, les deux très jeunes gentilshommes et Miramas, donna un ordre bref en son guttural langage.

Aussitôt ses compagnes — à la fois hyènes et couleuvres — se ruèrent sur les *raffinés d'honneur* qu'elles enlacèrent si étroitement qu'ils se trouvèrent comme paralysés...

Plus rapides que la foudre meurtrière, deux bohémiennes venaient de poignarder Marius de Cougargousse et Nestor Trichard.

La première victime poussa un hurlement de douleur et roula sur les dalles en cherchant à retenir — des deux mains — le sang qui bouillonnait d'une blessure au ventre.

— Té !... Elles... m'ont... éventrouillé... té !... té... râla Marius dans un dernier hocquet.

Quant à Trichard, la mort avait été foudroyante :

Le poignard ayant pénétré — jusqu'à la garde — entre les épaules.

Laffemas et le comte échangeaient toujours de nombreuses estocades.

— Par l'Enfer ! voilà une belle parade, s'écria Laffemas qui venait — vainement — de porter à son adversaire un magnifique coupé.

Froissant vigoureusement — du fort au faible — la lame du chef des sacripants, Miramas fit voler l'épée de son adversaire par dessus la table surchargée de brocs d'étain et de gobelets.

Laffemas poussa un cri de rage en se trouvant si prestement désarmé.

— Assassinez-moi donc à votre aise, maintenant que je suis à votre merci, cria-t-il.

— Je laisse cette besogne au bourreau qui vous pendra sans doute un jour, Monsieur de Laffemas, répondit dédaigneusement le comte.

Ces paroles avaient à peine été prononcées que Zora et ses compagnes bondirent sur Laffemas qui, en moins d'une minute, fut renversé sur le sol et bâillonné au moyen des ceintures de soie appartenant aux bohémiennes...

... Intelligentes et braves, les danseuses avaient promptement exécuté les ordres donnés — en leur étrange langage — par Zora.

Elles s'étaient — on l'a vu tout à l'heure — élancées sur les bandits qui, enserrés par ces farouches amazones ne parvinrent que difficilement à se servir de leurs armes.

Ces filles de l'Inde — bravant toute pudeur — immobilisèrent leurs victimes qui poussèrent un rugissement de douleur et de surprise.

Gilbert de Montchardon et La Licorne, blessés par le poignard des gypsies, roulèrent à terre entraînés par l'essaim de ces terribles abeilles aux dards aigus et meurtriers.

— Faut-il les achever? demanda Zora dont le poignard menaçait la gorge d'un des vaincus.

— Non! répondit Miramas, la vie d'un adversaire devient sacrée lorsque cet adversaire est blessé.

Les sacripants respirèrent...

Cette sanglante tragédie n'avait durée qu'une courte... mais terrible minute :

Marius de Cougargousse et Nestor Trichard étaient morts...

Gilbert de Montchardon et La Licorne, criblés de coups de stylets gisaient sur les dalles...

Apollon de Belamour, qui avait eu la cuisse traversée par l'épée de Gondi, se tenait appuyé contre la table...

Jupiter Le Terrible, qui allait obliger Scarron à rompre, fut mis en état d'infériorité grâce à l'attaque dirigée contre lui par Olivier-Ninon et Raoul-Marion...

Il bondit sur ses adversaires : mais son pied glissa dans la mare de sang qui couvrait le sol, et Jupiter tomba sur les cadavres de Marius et de Nestor.

— Rendez-vous! lui cria Scarron qui lui entrait déjà un pouce de son épée dans la hanche droite.

— Je me rends ! répondit le colosse.

— Messieurs, dit Laffemas, les masques qui couvrent vos visages m'empêcheront de vous reconnaître... Je le regrette.

— Pour nous faire assassiner un jour ? demanda Gondi.

— Pour vous épargner, au contraire...

— Vous m'avez épargné ce soir, j'aurais été heureux de reconnaître ce généreux procédé ; voilà tout.

— Nous ne demandons rien pour nous, dit Marion Delorme qui grossit exagérément le ton, afin que sa voix ne la trahit pas... Mais nous exigeons que ta vengeance, sire de Laffemas, ne s'exerce pas sur les bohémiennes qui n'ont fait que défendre leur honneur et peut-être leur vie, contre vos entreprises.

Le capitaine hésita...

— Est-ce oui ? insista Marion.

— C'est juré ! déclara Laffemas.

Jeanot Leventru, sortit prudemment de sa cachette...

Mariette, Rose et Marton quittèrent la cuisine...

Guillaume et Nicaise, qui s'étaient réfugiés dans les écuries, abandonnèrent leur retraite pour venir voir si « c'était fini ».

— Déshabillez ces gentilshommes, ordonna Laffemas ; puis vous porterez leurs corps à la Bièvre... N'oubliez pas de les défigurer avant de les lancer dans l'eau.

Pendant que les valets d'écurie, aidés de Jeanot et de Jupiter, mettaient à nu défunts Trichard et Gougargousse,... les servantes pansaient les blessures des vaincus.

Gondi et Scarron firent signe à Mariëtte.

— Que désirez-vous ? demanda-t-elle à voix basse.

— Te payer notre souper....

Gondi mit une pincée de pistoles dans la main de la belle hôtesse.

— C'est trop ! dit-elle en comptant l'or.

— Nous payons l'émotion que tu as dû ressentir, répliqua Marion.

Nos héros étaient maintenant dans la salle où le souper avait eu lieu.

— Tu vas nous faire sortir par la porte donnant sur le champ Gaillard, ordonna Ninon de Lenclos...

— C'est facile... Suivez-moi...

— Adieu ! Monsieur de Laffemas, dit le comte Renaud de Miramas...

— Au revoir, Monsieur, répondit l'âme damnée du cardinal. Si je puis vous être utile... Tout arrive ici-bas... Vous n'aurez qu'à me rappeler que je vous suis redevable de l'existence...

— Je me souviendrai de cette offre, Monsieur de Laffemas...

Renaud quitta la salle et retrouva ses compagnons et les bohémiennes qui l'attendaient dans le jardin.

— Serez-vous des nôtres, Monsieur ? demanda Marion Delorme — car ces jolies bohémiennes acceptent l'hospitalité que je leur offre chez moi pour cette nuit... Acceptez ! Vous n'aurez pas à le regretter.

— J'accepte !... A demain Mariette ; veille bien sur mon cheval.

— Comptez sur moi, répondit la cabaretière.

Abbés, gentilshommes, belles pécheresses et gypsies s'engagèrent à travers le Champ Gaillard et se dirigèrent vers la rue des Tournelles où demeuraient Ninon et Marion.

— Il va s'en passer de belles ; murmura dame Mariette qui ajouta — et je n'y serai pas... Quel dommage !

Dans le cabaret, les blessés habilement pansés allèrent s'étendre sur quelques bottes de paille mises à leur disposition par Leventru.

Les dépouilles des morts ayant été, par le sort, adjugées à Laffemas, celui-ci les donna au cabaretier pour le dédommager des dépenses faites par Nestor et Marius, et restées impayées pour cause de décès prématurés.

Laffemas et Jupiter Le Terrible regagnèrent leur demeure, honteux d'avoir été vaincus ; mais heureux de vivre encore.

II

Il faisait bon, grâce au soleil printanier, de s'asseoir pour y déjeuner, devant les tables dressées à l'extérieur du cabaret portant l'enseigne du *Lys d'or* dont Lucas Berluchot était l'actuel propriétaire.

Depuis plus d'un siècle, la dynastie des Berluchot

CABARET
DU
LYS D'OR

avait seule régné sur ce coin fleuri du Pré-aux-Clercs où aimaient à venir festoyer les belles dames de la noblesse, les officiers, les gentilshommes, les courtisanes et les financiers.

En 1626, le succès du fameux établissement paraissait avoir atteint son apogée.

La nature qui habituellement faisait naître les cabaretiers ridicules et laids, avait — par exception — doué maître Lucas d'un physique agréable. Ses francs yeux gris, son teint hâlé par l'air vif venant de la Seine ; ses cheveux châtains et bouclés ; sa haute taille, l'avait fait surnommer « Le Beau Lucas ».

Quelques personnes bien renseignées insinuaient que le nombre des bonnes fortunes de Berluchot augmentait chaque année de fantastique façon.

D'autres, mieux informées encore, assuraient que des époux devaient de connaître les joies de la paternité, à une neuvaine suivie par leur femme — jusqu'alors stérile — sous les bosquets du *Lys d'or*.

Comme Lucas était un modèle de discrétion, les curieux se trouvaient obligés de se contenter des « on dit... ».

Le matin, les gens de plume et de chicane venaient rêver sous les frondaisons, ou préparer leurs grimoires auprès des massifs fleuris.

Quelques dames au cœur tendre y accouraient pour de délicieux rendez-vous d'amour. Les chambres du *Lys d'Or* étaient si discrètes, ses lits si moelleux ; ses vins si capiteux que les vertus rebelles au trop prompt abandon sentaient s'envoler leurs tardifs scrupules lorsque les vapeurs du nectar envahissaient leur cerveau.

Après les poètes, les avocats et les pécheresses, arrivait le « beau monde ».

D'élégants officiers faisaient ovation et cortège aux femmes de qualité qui descendaient de carrosse dont les quatre, et parfois six chevaux, parfaitement harnachés, valaient des sommes considérables.

Les mousquetaires dont la compagnie était de création récente éveillaient toutes les curiosités ; recueillaient les plus engageants sourires ; accaparaient les bonnes fortunes au grand dépit des officiers appartenant aux autres armes, des gentilshommes, des riches traitants et des maris.

Le poing sur la hanche, le regard vainqueur, la moustache en croc et l'allure belliqueuse, ces mousquetaires — bons gentilshommes — semblaient être partout en pays conquis.

Les femmes en raffolaient, les hommes enrageaient...

De table à table se croisaient de joyeux propos... Les œillades répondaient... visuellement aux œillades... Des baisers s'échangeaient... à distance, prometteurs de plus réelles caresses ; de prochaines voluptés.

Des rendez-vous étaient donnés... D'exquis romans commençaient leur premier chapitre... Des drames intimes y trouvaient leur dénouement. L'Amour et la Haine déjeunaient sous les mêmes arbres... La Loyauté, la Valeur coudoyaient l'Intrigue et la Suffisance... Le beau soleil éclairait tout cela. Les fleurs exhalaient leurs parfums sur tous...

Viviane Berluchot, qui partageait avec son frère la direction et les bénéfices du cabaret, donnait les ordres nécessaires pour dignement recevoir les clients qui envahissaient les bosquets, les salles et les chambres du LYS D'OR.

La jolie blonde menait tambour battant sa compagnie de valets et de servantes... Elle possédait l'art de se faire obéir. Tout en ayant le sourire sur les lèvres, la sœur de Lucas était plus sévère que le beau cabaretier à la forte encolure qui riait rarement.

Un cavalier dont le cheval fumant avait dû fournir une longue traite franchit la Porte Neuve, traversa le Pont Barbier et gagna le Pré-aux-Clercs...

La plaque de tôle sur laquelle était représenté un superbe Lys doré surmonté de la couronne royale, attira son attention.

« Mais voilà le cabaret rêvé pour y manger et boire à l'ombre de grands arbres », pensa-t-il.

Viviane qui avait l'oreille fine accourut au bruit que faisait en piaffant sur les dalles du cabaret, la nerveuse monture du cavalier.

— Holà ! jolie fille... Nous mourons de fatigue et de faim, mon cheval et moi... Veux-tu nous empêcher de trépasser ?

Le ton de bonne humeur sur lequel ces paroles furent dites décélait l'heureux caractère du voyageur.

— Soyez le bienvenu au LYS D'OR, mon gentil

homme... Vous y trouverez à foison des remèdes contre la fatigue, la faim... et le trépas... Guillot !...

Un valet accourut...

— Tu vas conduire le cheval de ce gentilhomme à l'écurie...

— Oui, maîtresse...

— Tu le bouchonneras jusqu'à ce que son poil soit devenu sec comme les crins qui te servent de chevelure.

— Oui, maîtresse...

— Ensuite tu lui laveras les jarrets avec du vin... Ne t'avise pas de boire le vin, tu serais mis à l'amende.

— Oh !... bonne maîtresse...

— Une fois essuyé, lavé, pourvu d'une abondante litière, le cheval n'aura plus qu'à manger l'avoine que tu lui apporteras.

— Oui, belle maîtresse...

Guillot dont les yeux s'extasiaient, en contemplant la jeune fille, ne semblait pas pressé d'obtempérer aux ordres reçus.

Le gentilhomme qui était descendu de cheval souriait en constatant que ce valet devait être amoureux fou de la cabaretière.

Celle-ci s'impatienta et dit sèchement :

— Eh bien ! faut-il *vous* répéter un ordre, maître Guillot ?

— Vous !... Vous !.. Pardon, mademoiselle Viviane, je ne le ferai plus ; mais au nom du Père, du Fils, du Saint-Esprit et de l'Ainsi-soit-il... Tutoyez-moi...

Les larmes perlèrent aux yeux du pauvre garçon.

Viviane sourit et eut pitié de cet amoureux naïf... mais sincère.

— Va !... grosse bête, dit-elle.

— Merci, mademoiselle !... Merci, maîtresse !... s'écria Guillot qui saisit la bride du cheval... Toi, mon vieux, tu vas être soigné comme si tu appartenais au roi, ajouta-t-il en caressant le col de l'animal, puisque mademoiselle Viviane s'intéresse à ta santé.

— Il ne faut pas en vouloir à ce pauvre Guillot, dit Viviane qui souriait, l'amour lui tourne les esprits...

— Celle qui en est l'objet est assez jolie pour faire tourner de plus fortes têtes que celle de maître Guillot, répliqua joyeusement le gentilhomme.

Viviane esquissa une révérence...

— La faim ne vous fait par oublier la raillerie, mon gentilhomme, dit-elle.

— Sandious !... ma belle amie, la sincérité a causé par mes lèvres...

Un éclat de rire moqueur répondit à cette présomptueuse affirmation.

Tout en devisant, cabaretière et gentilhomme pénétrèrent dans la grande salle du Lys d'or.

Large d'épaules, le comte Pierre de Montorcy, ainsi se nommait le nouvel hôte des Berluchot, bouclait le ceinturon, auquel était suspendu une forte rapière de combat, sur un buste dont l'uniforme de mousquetaire du roi faisait ressortir l'élégance. Tout en lui, démarche et port tête, attitudes conquérantes, séduisait et arrêtait le regard.

Son visage énergique respirait la franchise ; ses

longs cheveux blonds capricieusement bouclés couvraient un front intelligent. Ses grands yeux bleus devaient savoir implorer aux heures de rendez-vous galants. Ses lèvres chaudement colorées, sensuelles, disparaissaient à demi sous une moustache blonde crânement relevée.

Pierre était, en dépit de la simplicité de son uniforme, maître d'une fortune considérable qui lui venait de son père, mort au service du roi Henri IV.

Riche et sans famille, le comte, — il avait trente-trois ans — après avoir fait un stage dans la compagnie des gardes de M. Desessarts, fut incorporé aux mousquetaires du roi commandés par M. de Tréville.

La vie mouvementée, fertile en imprévu, du soldat plaisait mieux à son caractère que la quiétude d'une existence provinciale se passant entre ses chiens, ses valets et ses nombreux fermiers.

A Paris, il avait aimé, souffert,... vécu enfin...

Grâce à l'estime que ressentait pour lui M. de Tréville, il obtenait de fréquents congés...

Il quittait alors la maison qu'il occupait rue de la Harpe, 73, et seul — sans Placide Joyeux — son valet, il allait à l'aventure à travers les belles provinces de France...

C'est en revenant d'une de ces chevauchées que le comte s'était arrêté au Lys d'or.

Contrairement aux habitudes prises par ses compagnons d'armes, Montorcy s'abstenait de fréquenter les cabarets. Il préférait prendre ses repas chez lui. Les mets préparés par Thomas Blondel, son cuisinier, lui semblaient préférables à ceux des restaurateurs en vogue.

Voilà pourquoi Viviane qui connaissait chaque mousquetaire par ses noms et qualités ne trouva ni un nom, ni un titre à attribuer à son beau déjeuneur.

Montorcy finissait son repas lorsqu'un mousquetaire de la compagnie de Tréville entra dans le cabaret et s'écria :

— Morbleu!... Je ne me trompe pas!... Quelle agréable surprise!... Quelle joie de vous rencontrer, cher comte...

— Sandious!... Nieuville!... Ma joie égale la vôtre, Baron, affirma Montorcy qui s'était levé.

Les deux mousquetaires se donnèrent l'accolade.

Sans y avoir été invitée la cabaretière apporta une poudreuse bouteille de vin récolté à Saumur, et plaça un verre en face celui du comte.

Après avoir débouché la bouteille et rempli les verres, la jeune fille se retira en fermant derrière elle la porte qui séparait la salle où se trouvaient les gentilshommes, de l'office et des cuisines où régnait une fièvreuse activité.

— Avez-vous fait un bon voyage, cher comte?

— Un voyage charmant, baron, au milieu de la campagne revêtue de sa printanière parure... Le séjour de Paris m'est cher, vous le savez; mais il reste en moi de mon éducation première, sans doute, un levain campagnard qui me grise à l'éveil du printemps et m'attire vers les bois et la plaine... A ce moment là, les vieux refrains bourguignons, chantés par ma nourrice bruissent à mon oreille, et je ne connais pas, cher Nieuville, de musique pareille. Et je vais devant moi, au caprice des chemins ; mangeant dans les auberges où partageant le brouet noir des bûcherons ; couchant dans un lit moelleux ou reposant sur un tas de feuilles sèches, avec le ciel pour rideaux, l'immensité pour alcôve,... les étoiles pour veilleuse.

— Poète, je vide ce verre à votre santé...

— Ami, permettez que je vide le mien à la vôtre...

Les gentilshommes s'inclinèrent avec l'exquise politesse dont les gens de qualité faisaient preuve à cette époque.

Lorsque les verres vides furent déposés près de la bouteille tarie, le comte demanda :

— Mettez-moi, je vous prie, au courant des nouvelles ?

— Volontiers !...

— Le roi ?

— Toujours taciturne...

— Même envers la reine ?

— Surtout envers cette adorable femme...

— ...Et la reine, avec qui se console-t-elle ?

Nieuville mit un doigt sur ses lèvres, se leva, alla s'assurer si les portes étaient closes, puis revint s'asseoir...

— Pour l'instant, la reine confie le secret de ses rancœurs et de ses amertumes à la duchesse Marie de Chevreuse qui lui est dévouée jusqu'à la mort...

— Pauvre femme !... Pauvre reine !...

— Richelieu qui aime Anne d'Autriche et voudrait obtenir les faveurs de Madame de Chevreuse, n'a réussi jusqu'à ce jour qu'à mériter la haine de ces deux femmes... Ce qu'il n'a pu obtenir par amour, il espère l'imposer...

— Le fat !...

— Le cardinal s'attache à trancher chaque jour les rares liens d'amitié qui unissent encore les époux royaux. Afin que le souvenir laissé par les caresses de la reine durant les premiers temps de leur union, s'efface dans l'esprit de Louis XIII, le ministre accuse cette noble femme d'infécondité ou de mauvais vouloir. Il insinue qu'Anne aime peut-être hors de la couche royale. Chaque parole de Richelieu augmente la jalousie du fils de Marie de Médicis. Il rappelle que lors des fêtes données à l'occasion du mariage d'Henriette de France, le beau Buckingham qui était venu d'Angleterre à titre d'ambassadeur extraordinaire chargé de ramener l'épousée à son maître, s'était follement épris de la reine de France.

— La reine connaît le rôle joué par le cardinal ?

— Oui !... Femme, Espagnole et reine... elle se venge en faisant cruellement languir cet homme d'église qui rêve d'appuyer ses lèvres sur les siennes...

— Comme ce serait une noble tâche de consacrer sa fortune et sa vie pour délivrer la reine de ce cardinal maudit ! s'écria Montorcy dont les yeux brillèrent d'enthousiasme...

— Plus bas, comte, dit Nieuville. Les paroles que

vous venez de prononcer... trop haut, je me les suis répétées plus de cent fois lorsque de service au Louvre, je voyais les implacables regards du premier ministre essayer de fasciner la reine...

— Faisons un serment, mon cher Nieuville.

— Dites ?

— Jurons de nous consacrer corps et âmes au service de la reine...

— Je le jure !... Montorcy... que Dieu me damne si je manque à mon serment !

— Devant Dieu qui m'entend... Devant Dieu qui me jugera un jour, je fais le serment de consacrer ma fortune et ma vie au service de la reine Anne d'Autriche, déclara le comte.

Dans le jardin, les gentilshommes accompagnant de charmantes femmes envahissaient les tonnelles.

— Partons, dit le baron, nos camarades de la compagnie de Tréville vont arriver... Il est préférable que nous ne festoyions pas avec eux aujourd'hui.

— Je vous avouerai, mon cher Luc, que je suis désireux de rentrer chez moi... et de vous y offrir à dîner...

— J'accepte !...

— Bravo !...

— Vous demeurez toujours rue de la Harpe ?...

— A dix pas de l'Abbaye de Cluny...

— Holà !... Quelqu'un !...

Lucas se présenta.

— Fais sceller nos chevaux, ordonna Montorcy.

— Oui, mon gentilhomme.

Puis Berluchot s'adressant à Luc ;

— Monsieur le baron de Nieuville, je suis votre serviteur...

Le gentilhomme frappa amicalement sur l'épaule du cabaretier en lui disant :

— Merci Lucas... Tu es toujours le roi des braves garçons...

Berluchot s'inclina et s'esquiva afin de faire exécuter l'ordre qu'il venait de recevoir.

Le comte jeta deux pistoles sur la table.

Les gentilshommes sortirent et enfourchèrent leurs chevaux que Guillot et Lucas venaient d'amener devant la porte.

Ils purent ainsi gagner le quai sans passer par les jardins...

Grâce à un minuscule judas ménagé dans une des moulures de la boiserie, Viviane avait pu surprendre la conversation des deux gentilshommes.

— Les braves mousquetaires ! murmura-t-elle : puisqu'ils rêvent de se dévouer pour le bien de la reine, ON les y aidera...

M. de la Porte, l'homme de confiance de la reine Anne d'Autriche, était le protecteur de Lucas et de Viviane Berluchot...

A la mort de leurs parents, les orphelins auraient assisté, impuissants vu leur jeune âge, à la vente du cabaret ancestral, si La Porte, ami de leur famille, n'était intervenu à temps pour sauvegarder les intérêts des enfants.

Il plaça, comme gérants, un ménage dont il connaissait l'honorabilité... Le jour où Lucas fut en mesure de « conduire la barque », les braves gens se retirèrent comme cela avait été convenu quelques années auparavant.

Lucas et sa sœur étaient dévoués à la jeune reine dont La Porte leur contait les tristesses et les rancœurs. Aussi Viviane, dès qu'elle eut surpris le serment échangé entre Montorcy et Neuville s'empressa-t-elle d'en informer M. de La Porte lorsqu'elle se rendit au Louvre.

Cette confidence qui devait avoir une si grande influence sur la destinée des deux gentilshommes fut accueillie avec joie par le serviteur de la reine...

Anne d'Autriche et Marie de Chevreuse, ressentirent une immense félicité lorsqu'elles apprirent que deux mousquetaires du roi, nobles, riches et beaux avaient juré de se dévouer à une si chevaleresque cause.

III

Si Montorcy, heureux de défendre une noble cause, avait sans arrière pensée prononcé le serment qui l'engageait désormais. Il n'en était pas de même du baron pour lequel se « dévouer à la Reine » signifiait aussi : « se rapprocher de la duchesse de Chevreuse ;

mériter son attention, son estime et, qui sait, les femmes deviennent si charitables... parfois, peut-être son amour.

Le baron aimait déjà Marie de Rohan-Montbazon lorsqu'elle était duchesse de Luynes. Il l'adorait quoiqu'elle eût épousé Claude de Lorraine, duc de Chevreuse. Il se sentait défaillir lorsque la confidente d'Anne d'Autriche jetait sur lui un regard de ses grands yeux passionnés.

Le baron Luc de Nieuville était beau, bien fait... Nul ne savait mieux que lui porter la casaque brodée d'or aux croix d'argent, le col et les manchettes de dentelles, lorsqu'il était de service au Louvre.

Mme de Chevreuse qui prisait fort la beauté chez les hommes avait remarqué le baron sans qu'il s'en doutât...

La joie eut troublé sa cervelle...

Le baron jouissait d'un revenu suffisant pour satisfaire le goût qu'il professait pour le luxe...

Dans le pavillon qu'il habitait et dont les fenêtres donnaient sur les jardins du Val-de-Grâce, se trouvaient réunies de merveilleuses étoffes achetées à des fabricants levantins. Les meubles étaient également fort beaux.

Son valet Lafleur, Cateau, la femme de celui-ci et Marton, leur fille, formaient la domesticité de l'élégante demeure...

Ces trois être unis par la plus vive affection n'avaient qu'une pensée :

« Rendre la vie agréable au maître. »

Ils y eussent réussi sans l'amour qui angoissait le cœur du baron et lui faisait dédaigner les voluptueuses occasions d'oublier dans les bras de maintes grandes dames séduites par sa noble prestance, l'image adorée de la duchesse de Chevreuse.

Marie... Toujours Marie...

Ce nom charmant était fixé à tout jamais dans son cerveau et dans son cœur...

Durant ses nuits de fièvre, il « voyait » la séduisante duchesse dont l'ensorcelant regard faisait passer de délicieux et irritants frissons dans tout son être... Il tendait les bras pour amener à lui le fantôme charmeur... Il offrait ses lèvres pour y recevoir un baiser... mais la vision s'évanouissait laissant Luc sous l'empire de la folie qu'enfantent les désirs... la bouche avide de celle de la disparue...

Aussi la noble proposition du comte satisfit-elle son plus cher désir :

« Etre le confident... au besoin le complice de Marie de Chevreuse. »

Aussi ce soir-là, fit-il honneur au repas confectionné par Thomas Blondel et aux vins que Placide Joyeux découvrit derrière les fagots.

Montorcy heureux d'avoir quelqu'un à qui immoler sa fortune et au besoin sa vie ; satisfait de se retrouver chez lui, fit gaîment raison le verre en main à son invité.

IV

Dans l'antichambre qui précédait le cabinet de Richelieu, un fourmillement de riches costumes, une profusion de chapeaux à larges bords, agrémentés de plumes gigantesques, jetaient une note claire sur les soutanes noires des prêtres et les robes sombres des capucins. Des mousquetaires du roi avec leurs soubrevestes bleues agrémentées sur la poitrine et dans le dos de croix brodées en argent ou en or, selon le grade, semblaient se rire des gardes du cardinal chargés de modérer le ton des conversations trop violentes parfois...

Quelques gentillâtres, dont le vêtement n'était réhaussé par aucun ruban de nuance tendre ou criarde, se mêlaient aux jésuites, capucins, frères mineurs dont la sévérité du costume ne faisait pas repoussoir à la simplicité du leur.

Des officiers aux gardes françaises et aux compagnies suisses causaient — en clignant malicieusement leurs yeux railleurs — sur les amours du roi avec Mlle de Hautefort et sur celles du cardinal.

De grands personnages aux regards orgueilleux semblaient mépriser cette foule grouillante et bigarrée.

Deux mousquetaires du roi assis sur une des banquettes se gaussaient au récit, que leur faisait un lieutenant aux gardes françaises, des ravages exercés dans tous les cœurs par les adorables femmes ayant noms : Marion Delorme et Ninon de Lenclos.

— Est-ce que le cardinal n'a pas essayé de se consoler en compagnie de Marion Delorme de l'échec persistant — cruel à son amour propre — que lui fait essuyer madame de Chevreuse? demanda un des mousquetaires.

— On le dit!... Mais comme Marion déclare que l'Eminence n'a encore rien obtenu, je préfère m'en rapporter aux paroles de cette aimable pécheresse.

Un personnage, maigre, jaune, modestement vêtu de noir allait et venait au milieu des groupes ; recueillant, sans en avoir l'air, une phrase par ci ; un lambeau d'anecdote par là ;... quelque renseignement grivois échappé des lèvres d'un jeune seigneur. Il s'approcha du groupe formé par les deux mousquetaires et le lieutenant aux gardes, juste à point pour entendre ces mots :

— Montorcy et Nieuville qui étaient de service au Louvre hier, ont proposé à Fontailles et à Nangey de les remplacer, aujourd'hui, dans l'antichambre du roi... Comme Messieurs de Nangey et de Fontailles ne tenaient pas plus qu'il ne convient à monter la garde devant la porte de Louis XIII, ils ont accepté avec empressement l'étrange proposition de nos camarades.

— Etrange, en effet, car le service manque de gaieté dans le palais du taciturne époux d'Anne d'Autriche, dit le lieutenant.

— Il y a de bien jolis yeux en revanche autour de la reine... sans oublier ceux de sa Majesté elle-même.

Cette phrase plutôt murmurée que dite ne fut

BAISER D'AMANT

cependant pas perdue pour le maigre personnage...

A ce moment, l'officier de service parut au seuil de l'antichambre, et du regard sembla chercher dans la foule des solliciteurs et des gens chargés de missions secrètes.

Il aperçut l'homme maigre auquel il fit un signe d'appel.

Celui-ci s'empressa d'accourir sans s'inquiéter des regards envieux que lui décochaient, les gens de qualité qui attendaient depuis plus longtemps que lui la faveur d'une audience.

— Etes-vous Ignace Chafouin? demanda l'officier qui avait approché ses lèvres de l'oreille du bonhomme.

— Oui, mon capitaine...

— Suivez-moi.

— A vos ordres.

Ils firent quelques pas dans un couloir; puis l'officier souleva une large portière en tapisserie des Flandres et s'effaça pour livrer passage à Ignace.

Sans manifester la moindre émotion, l'homme pénétra dans le cabinet du premier ministre.

Il fit deux pas en avant; puis s'arrêta jusqu'à ce que Richelieu qui semblait consulter des notes placées devant lui sur son bureau lui donnât l'ordre d'avancer.

Chafouin remarqua que des masses de dépêches venues sans doute de toutes les parties de l'Europe étaient placées sur la table, à côté d'une pile de dossiers... Qu'aux murailles étaient suspendues des panoplies...

Quelques sièges ; une seconde table surchargée de livres, de papiers et de cartes, une bibliothèque, formaient l'ameublement de cette pièce.

Lorsque le cardinal eut fini de lire ; il repoussa les papiers et fixa ses yeux perçants sur Ignace... Celui-ci ne sourcilla pas...

Il admira la physionomie intelligente et fière du ministre auquel la royale surmontée de moustaches en crocs donnait un cachet militaire...

Quoique agé de trente-sept ans, Armand-Jean Duplessis, cardinal de Richelieu, avait les cheveux gris et le visage contracté par la souffrance physique.... Mais la flamme du génie qu'illuminait son regard transfigurait cet homme qui avait déjà réalisé tant de grandes choses pour le service de son pays et de son roi... Pour ce prêtre qui devait accomplir une tâche immense.

Richelieu habitué à voir tous les regards baisser sous l'énergie des siens, fut surpris et satisfait de constater que les yeux rusés de Chafouin continuaient à regarder droit devant eux.

— Parlez ? dit simplement le ministre.

— Je désire employer au service de votre Eminence les quelques dons que je tiens du ciel.

« Ou de l'enfer », pensa Richelieu.

— Par dévouement pour ma personne, maître Chafouin ?

— Par amour de l'or, Eminence.

— Voilà qui est franc !...

— Votre Excellence paie généreusement, je le sais,

les gens qui forment les rouages de la merveilleuse machine humaine que Son Excellence fait mouvoir de ce cabinet... Je veux devenir un de ces rouages...

— Et comment nommez-vous les dons que vous prétendez avoir reçus du ciel ?

— La Patience, la Ruse, l'Intelligence, Monseigneur.

— Qui me répondra de votre dévouement ?

— Moi !... d'abord... quand j'ai promis... je tiens !...

— Et puis ?...

— Mon intérêt.

— Est-ce tout ?

— La crainte de la Bastille, Monseigneur.

Richelieu sourit.

— La crainte de la Bastille est le commencement de la Sagesse, dit-il.

Puis mentalement il ajouta :

« L'orgueilleuse noblesse ne tardera à s'en convaincre... à ses dépens. »

Le cardinal examina encore Ignace et dit :

— Je consens à vous mettre à l'épreuve...

— Je bénis votre Eminence...

— Vous bénissez !... vous bénissez !...

Le ministre fronça le sourcil et regarda durement Chafouin qui soutint le regard.

— Il y a en vous, Ignace, un singulier mélange d'énergie et de duplicité... Vous sentez le cafard...

— J'étais dans les Ordres, Monseigneur.

— Et pourquoi en êtes vous sorti ?

— Votre Eminence tient absolument à le savoir ?

— Oui !... Et surtout ne mentez pas.

— Oh !...

— Parlez !... Quelle est la cause qui vous a fait abandonner la carrière que vous aviez embrassée ?

— Mes vices, Monseigneur.

— Avare, vicieux...

— J'aime l'or ; mais non pour le conserver dans un coffre, Monseigneur. Je l'aime cet or, parce qu'il me permet, à moi, laid et chafouin, plus chafouin encore que mon nom, de satisfaire mes passions et mes vices...

J'aime les femmes ; j'adore la bonne chair... Ces passions m'on attiré des ennuis dans le village où j'assistais un vieux prêtre... Alors pour m'éviter punitions, macérations et autres pratiques que mes supérieurs ecclésiastiques n'eussent pas manqué de m'infliger, j'ai quitté la soutane... et me voilà aux ordres de votre Eminence.

« Ce coquin me plaît », pensa Richelieu.

— Si votre Eminence veut me le permettre, je lui dirai succinctement ce que je remarquai hier au Lys d'or.

— Ce cabaret du Pré-aux-Clercs tenu par un certain Berluchot ?

— Oui, Eminence, et par sa sœur, la jolie Viviane, blonde et grassouillette... à point.

Les yeux d'Ignace brillèrent de libidineuse convoitise.

Richelieu tourna la tête... Cette face soudainement devenue lubrique lui déplut.

— Contez ! dit-il, mais épargnez-moi, à l'avenir, des détails par trop scabreux... Je suis toujours prêtre, moi...

Chafouin qui connaissait la façon cavalière avec laquelle Richelieu traitait le vœu de chasteté, eut peine à réprimer un sourire qui lui eut coûté fort cher.

— Je me promenais sur le quai lorsque je vis un cavalier de fière mine arrêter son cheval devant le Lys d'Or... Viviane accourut, causa rapidement avec le mousquetaire.

— Ah !... C'était un mousquetaire? dit le cardinal vivement intéressé.

— Oui, Monseigneur... La jolie cabaretière appela un valet auquel elle tint un assez long discours... Le cheval fut emmené vers les écuries... Le mousquetaire et Viviane se dirigèrent, en riant aux éclats, vers la salle du cabaret.

— Les gens qui rient ne songent pas à mal faire, déclara le premier ministre.

— Je me fis cette réflexion, Monseigneur, lorsque je vis un second mousquetaire s'arrêter devant les écuries du Lys d'Or, mettre pied à terre et laisser libre son cheval... La bête connaissait les êtres, car elle entra seule dans l'écurie pendant que son maître pénétrait dans la salle du cabaret...

Grâce aux bosquets, futaies et arbrisseaux, je pus, sans être remarqué, gagner le cabaret de Berluchot... Je me dissimulai sous la tonnelle voisine des fenêtres de la salle... J'entendis les deux mousquetaires railler le roi...

— Après?

— J'hésite à répéter à votre Eminence, ce que le comte de Montorcy et le baron de Nieuville dirent ensuite.

— Parlez !... Je vous l'ordonne...

— J'obéis !... Ils osèrent prétendre que, par amour pour la reine, Votre Eminence ne laisse passer aucune occasion de lui nuire dans l'esprit du roi... Ils ont parlé de Buckingham...

Richelieu pâlit... Ses yeux lancèrent des éclairs... Ses lèvres blémirent.

— Continuez ! — dit-il, la voix rauque.

— Ils ont également prétendu que Madame la duchesse de Chevreuse faisait languir d'amour un homme tel que Votre Eminence.

Le sang afflua au cerveau du Cardinal dont le front s'empourpra...

— Montorcy et Nieuville, m'avez-vous dit?

— Oui, Monseigneur... Ces mousquetaires se donnaient du : « Mon cher Montorcy... Mon cher Nieuville... du Comte et du Baron..., du Pierre et du Luc ».

« Ces noms de gentilshommes sont à retenir », pensa Richelieu redevenu maître de l'expression à donner à son visage.

— Est-ce tout ? — demanda-t-il.

— Le comte et le baron ont fait le serment de consacrer leurs fortunes et leurs existences à la tâche d'affranchir la reine du joug sous lequel le roi, — inspiré, disent-ils, par Votre Eminence, — courbe la jeune reine...

— Ils ont dit cela ? — s'écria le Cardinal...

— Je le jure à Votre Eminence...

Richelieu marcha à grands pas durant quelques minutes... La colère donnait une expression sinistre à ses traits naturellement énergiques.

Ignace escomptait mentalement le nombre élevé de pistoles que ce rapport allait lui valoir.

Le cardinal s'arrêta devant le dénonciateur et lui demanda :

— Savez-vous encore des choses intéressantes ?

— Le baron a dîné chez le comte qui demeure rue de la Harpe...

— Très bien !

— Hier, ils ont été de service au Louvre... Aujourd'hui, ils y montent encore la garde.

— Deux jours de suite ? — demanda Richelieu surpris.

— Ils ont à cet effet supplié Messieurs de Fontailles et de Nangey de leur céder leur tour de garde...

— Pour se rapprocher de la reine !... s'écria Richelieu.

— ... et de Madame la Duchesse de Chevreuse, — insinua Ignace.

Le cardinal serra les poings en proie à une sourde colère...

— Je vous prends à mon service, Ignace Chafouin ; mais si vous tenez à la vie, ne me trahissez jamais...

— Du moment que Votre Eminence y mettra le prix...

Sans répondre, le Cardinal se dirigea vers la muraille, fit jouer un ressort qui permit à un panneau de s'ouvrir... Des sacs bossués garnissaient les rayons du placard qui s'offrit à la vue de Chafouin...

— Prenez deux de ces sacs, — ordonna le ministre, — ils contiennent chacun cent pistoles... Servez-moi avec zèle ; je vous paierai généreusement.

— A ce prix là, j'appartiens, corps et âme à Votre Eminence, — assura Ignace qui avait placé les sacs dans son manteau afin de les dissimuler aux regards indiscrets...

— J'y compte !... Votre service consistera, — jusqu'à nouvel ordre, — à surveiller Messieurs de Montorcy et de Nieuville... Vous prendrez vos repas au Lys d'or... Il faut inspirer confiance à ces Berluchot.

— J'exécuterai les ordres que vient de me donner Votre Excellence...

— Retirez-vous...

— Au revoir, Monseigneur.

— Au revoir, Ignace Chafouin, au revoir dès que vous aurez d'intéressantes nouvelles à me communiquer.

Le dénonciateur quitta le cabinet... « De l'or !... De l'or !... Comme je vais jouir de la vie ! » — pensait le misérable défroqué...

Richelieu, plus sinistre encore que tout à l'heure, s'écria, maintenant qu'il pouvait, étant seul, donner un libre cours à sa colère :

— Comte de Montorcy ;... baron de Nieuville, vous venez en vous attaquant à moi de franchir le premier degré par lequel on accède à l'échafaud...

Anne !... Marie !... Comme j'aime ces femmes qui osent me braver en face, — ajouta-t-il plus bas.

La souffrance physique unie à la douleur morale obligea Richelieu à s'asseoir... Des gouttes de sueur perlaient sur son front pâle et soucieux...

— Aimer !... Haïr !... — murmura-t-il — Aimer sans espoir de réciprocité, peut-être... Haïr et me venger sans que rien puisse enchaîner mon bras... C'est vivre !...

« Buckingham »

Ce nom dont l'évocation avait fait pâlir le visage du cardinal revint par trois fois sur ses lèvres blêmies...

A ce moment un léger bruit attira son attention.

— Qui peut venir ? murmura Richelieu ; Laffemas ?... Le père Joseph ?...

Il alla ouvrir une portière dissimulée dans la muraille.

Laffemas entra...

— Ah ! c'est vous, mon fidèle ?

— Toujours aux ordres de Votre Eminence.

— Quel est le motif de cette visite en dehors des heures convenues ?

— Buckingham ! Eminence...

— Lui !... Encore Lui !... Toujours Lui !... — s'écria Richelieu dont les poings crispés furent levés vers le ciel.

— Je crois avoir découvert qu'un complot se trame...

— ... Contre moi ?

— ... pour ménager de secrètes entrevues à Buckingham et à la reine Anne d'Autriche.

— Le duc serait en France ? Cet Anglais ose me braver ouvertement !...

— Pas ouvertement, Eminence... Il sait trop bien qu'encourir de front la haine de Richelieu deviendrait pour qui l'oserait un arrêt de mort.

— Malheur à ce duc maudit ! — s'écria le cardinal.

— Le ministre du roi Charles Ier n'a pas oublié les heures exquises passées à la cour lorsqu'il vint, de la part du roi d'Angleterre, son maître, pour chercher madame Henriette de France, sœur de notre roi... Bien fait, beau de visage, riche et favori d'un grand roi, il plut à toutes les femmes...

— Il osa même lever les yeux sur ceux de la Reine ! — dit le Cardinal, — ses lèvres osèrent murmurer des paroles d'amour...

— Les choses en restèrent là, Eminence ! — protesta hypocritement Laffemas...

— Rien ne le prouve !... Et puis cette promenade que la Reine fit dans le parc d'un château, où elle logea lorsqu'elle conduisit sa belle-sœur à Amiens, ne l'accuse-t-elle pas ?

— Votre Eminence me permettra de lui répondre que si la Reine avait voulu se promener dans ce parc, c'était sans doute parce que le Roi qui s'y était ménagé une entrevue avec Mademoiselle de Hautefort en avait interdit l'entrée à tout le monde, et comme la difficulté augmente le désir, la Reine n'avait pu résister à un accès de curiosité... La promenade se fit en présence de Madame de Chevreuse et de la petite cour d'Anne d'Autriche... ce qui écarte toute idée de rendez-vous avec l'Anglais.

— Vous semblez avoir oublié, monsieur de Laffemas, que le duc de Buckingham assistait à cette promenade nocturne, qu'il ne cessait de causer avec la Reine, que Putange, écuyer de notre souveraine, la quitta pour quelques moments, croyant que le respect l'obligeait à ne pas entendre les paroles prononcées par le seigneur anglais.

Est-ce le hasard qui les conduisit dans un détour d'allée où une palissade les rendit invisibles aux gens de leur suite?... Et ce cri poussé par la reine quand elle se vit seule avec le duc?... Fut-il arraché par la surprise?... Fut-il arraché par l'attitude trop passionnée de Buckingham?... Voilà les questions qu'il faudrait élucider avant de pouvoir répondre de la vertu de la Reine... Le secret de ce qui se passa durant cette minute reste jalousement gardé entre le duc et Anne...

— Peut-être, si mes renseignements sont exacts, pourrais-je fournir à Votre Eminence la clef de ce mystère, — dit modestement Laffemas.

— Je vous récompenserai royalement, mon brave Laffemas, — déclara Richelieu...

— J'en remercie Votre Eminence...

— Qu'avez-vous découvert?...

— Buckingham entretient une correspondance régulière avec la Reine.

— Malgré les espions qui entourent Sa Majesté?

— Oui, Eminence...

— Et qu'elle est l'âme du complot ?

— La duchesse de Chevreuse.

— J'aurais dû m'en douter.

— Marion Delorme et son amie Ninon de Lenclos, favorisent les intrigues de la duchesse.

— Marion me trahirait ?...

— Elle ne pardonnera jamais à votre Eminence d'avoir fait monter Chalais sur l'échafaud. Elle a aimé ce jeune seigneur.

— Henri de Talleyrand était l'ennemi du roi...

— Le vôtre aussi, monseigneur... Si le comte de Chalais, maître de la garde-robe, petit-fils du maréchal de Montluc, issu de l'illustre et ancienne maison de Talleyrand-Périgord a été condamné, cela tient surtout à votre implacable justice, Eminence...

— Ce jeune fou, séduit par les beaux yeux de la duchesse de Chevreuse, surintendante de la maison de la reine, est entré dans le complot qui avait pour but : ma mort ; la déchéance du roi que l'on eut enfermé dans un cloître ; le divorce qui, ayant rendu libre Anne d'Autriche, lui aurait permis de prendre pour époux Gaston d'Orléans, frère de Louis XIII... Le complot a été découvert... Si je me suis montré inexorable envers Chalais, cela tient à ce qu'un exemple terrible était nécessaire pour impressionner la haute noblesse qui me hait... Madame de Chevreuse me déteste parce que j'ai contrecarré ses liaisons avec le duc de Buckingham et tenté d'empêcher la reine de tomber dans les bras de l'Anglais...

Laffemas — mon confident — je veux, avant de mourir, rendre si forte l'autorité royale et si puissante ma patrie que les ennemis de l'intérieur et ceux du dehors ne puissent jamais en entamer le granit... S'il faut trancher les plus nobles têtes du royaume... je n'hésiterai jamais à signer l'ordre de mort... La grandeur de mon but justifiera devant la Postérité la rigueur des moyens employés pour y parvenir...

L'enthousiasme faisait rayonner le visage de Richelieu.

« J'aime mieux servir Son Eminence que la combattre », pensa Laffemas.

— Ainsi la duchesse, Marion et Ninon favorisent les entreprises de Buckingham ?

— Oui, Eminence...

— Qui encore ?

— Le comte Renaud de Miramas...

— Ce nom ne m'est pas inconnu... N'est-ce pas ce Miramas qui, en octobre dernier, vous fit subir l'affront d'envoyer votre épée voltiger au-dessus des tables d'un cabaret ?

— C'est lui, Monseigneur...

— Je m'étonne, monsieur de Laffemas, que ce gentilhomme vive encore... Seriez-vous devenu miséricordieux ?

Le chef des *raffinés d'honneur* rougit. Le ton ironique du cardinal avait blessé son amour-propre de bandit...

— Je suis lié par un serment, Monseigneur...

— Lequel ?

— Celui de respecter la vie de l'homme qui ne m'a pas envoyé chez Satan lorsqu'il en avait le droit et le pouvoir.

— Si je vous déliais de ce ridicule serment ?

— J'en serais fort joyeux...

— Je déclare non avenues les paroles vous engageant à respecter la vie du comte de Miramas... Je déclare nuls les serments que vous avez pu faire en faveur de *mes* ennemis, dit le cardinal.

— Je remercie Votre Eminence ! s'écria Laffemas. Guerre à toi, comte de Miramas !... Guerre à vous, bohémiennes maudites !...

— Ces femmes qui tuèrent deux de vos meilleurs *raffinés* ?...

— Oui, Eminence... Ces femmes dont la tribu possède des ramifications dans le monde entier aident Miramas à accomplir la besogne dont il est chargé par madame de Chevreuse...

— Et cette besogne consiste ?

— A faire parvenir les lettres d'Anne d'Autriche à leur adresse... et à rapporter les réponses...

— Ce Miramas est-il homme à se vendre ?

— Non Monseigneur.

— Alors, c'est un homme à tuer le plus promptement possible, déclara froidement Richelieu. Où demeure-t-il ?

— Chez Leventru, cabaretier rue Traversine.

— Ce n'est pas brillant...

— Le comte est pauvre...

— De qui est-il l'amant ?

— De Zora...

— Zora ?

— La reine des gypsies dont la tribu est réfugiée dans les catacombes...

— Il faut agir prudemment avec ces gens-là, dit Richelieu, leur pouvoir occulte est énorme... Je ne veux pas me brouiller ouvertement avec eux... Ils seraient capables de se venger en faisant sauter les réserves de poudre ; en sabordant les navires... Ils sont partout... Vengez-vous, Laffemas ; mais ne me compromettez pas vis-à-vis des bohémiens...

— Je serai prudent, monseigneur.

— Vous ferez surveiller ce Miramas jusqu'au jour où vous le verrez se diriger vers Calais, Dunkerque ou Boulogne... Alors vous l'attaquerez et vous m'apporterez les papiers que vous trouverez en sa possession.

— Je ferai de mon mieux pour remplir la mission dont Votre Eminence vient de me charger, dit Laffemas.

— C'est bien !... Allez !...

V

L'exécuteur des ténébreuses entreprises du Cardinal ne perdit pas de temps pour commencer les hostilités contre Miramas et les gypsies.

En satisfaisant ses rancunes, il trouvait également l'occasion de permettre aux haines de Richelieu un assouvissement inespéré : « S'emparer d'une lettre de la reine adressée à l'Anglais. »

Laffemas fit appel au plus subtil de ses espions, nommé La Bombarde, et lui donna ses instructions détaillées.

Quatre hommes devaient opérer sous ses ordres : Nez-fin, sorte de colosse — je pourrais, sans mentir, écrire molosse — à face de dogue.

Fureteur, petit maigrichon, à la physionomie fouinarde et inquiétante.

Faucheux, géant de la bande et très adroit tireur.

Vinasse, une brute mâtinée d'ivrogne, complétait ce bouquet de fleur policière.

Laffemas fit à la Bombarde le récit d'une partie de ce qui s'était passé... le sergent devina le reste.

Les espions devaient essayer de découvrir la retraite de la tribu dont Zora était reine.

Les motifs de cette expédition furent tenus secrets entre Laffemas et La Bombarde.

Ce dernier, ancien sergent aux compagnies qui aidèrent Henri IV à conquérir son trône, était aussi discret que brave. C'était un auxiliaire dont Laffemas faisait grand cas.

Il avait été décidé que les opérations contre Renaud et les danseuses seraient menées doucement, mais... sûrement, pour arriver à cerner et à faire prisonnière toute la tribu gypsie.

. . . .

Durant la première journée, les efforts de La Bom-

L'ESPION EST LIVRÉ AUX GYPSIES

barde et de ses compagnons n'amenèrent aucun résultat.

Le lendemain du second jour, Vinasse et son chef étaient occupés à vider quelques pots de vin blanc — c'est ainsi qu'ils saluaient le lever de l'Aurore — chez le cabaretier Blaize Thibaut.

Le maître de céans paraissait — à en juger par sa mine renfrognée — de fort mauvaise humeur.

— Ah! les gueux, disait-il entre ses dents jaunes et branlantes.

Les espions suivaient attentivement la mimique du bonhomme.

— Les bandits! siffla le cabaretier en menaçant du poing d'invisibles ennemis.

— Calme-toi, Blaize, lui conseilla sa femme dont la méfiance se tenait éveillée devant l'attitude finaude de La Bombarde et de Vinasse.

— Tu ne peux cependant pas m'empêcher de maudire ces bohémiens pillards, et insaisissables? reprit furieusement Thibaut qui martelait la table de son gros poing noueux.

— Après qui donc en avez-vous, compère Blaize? demanda La Bombarde.

— La plaisante question!... Mais je rage après ceux qui nous enlèvent nos poules et nous dérobent nos moutons...

— Et vous dites, compère Blaize, que ces pillards sont des bohémiens?

— Oui, même qu'ils sont noirs comme des Maures

— à ce qu'on raconte — car moi je n'en ai jamais vu de Maures, déclara le cabaretier.

— Moi non plus, dit La Bombarde.

— Moi pas davantage, grogna Vinasse.

— Deux de ces maraudeurs ont rodé, aujourd'hui, derrière ma grange, reprit Thibaut.

— Aujourd'hui ! s'écrièrent les espions.

— Environ dix minutes avant votre arrivée... Pas vrai Nanette ?...

— C'est vrai, mon homme.

— Alors nous n'avons plus rien à faire ici, dit l'ex-sergent.

— En chasse !... rugit Vinasse.

Les deux compères se levèrent et sortirent très affairés « oubliant » de solder leurs dépenses...

— C'est toujours la même façon d'opérer, gémit Blaize, ils oublient *d'abord*, de me payer,... et finissent *ensuite* par oublier qu'ils ne m'ont pas payé...

. . . .

La Bombarde et Vinasse se mirent aussitôt en campagne pour retrouver les bohémiens signalés par le cabaretier.

Cette fois leur étoile les guida vers une bonne piste.

Les maraudeurs — deux enfants à peine âgés d'une quinzaine d'années — avaient, en plus de six poules, dérobé à Thibaut une bouteille remplie d'eau-de-vie.

Ce fut leur perte.

Ils lampèrent sans discernement une partie de l'alcool. Leur marche devint plus lente, ce qui permit aux espions de les apercevoir.

— Laissons-les aller, dit La Bombarde, ils vont nous indiquer leur tanière.

Les enfants jetèrent la bouteille ; puis sentant leurs forces diminuer ils « semèrent » les poules.

Au lieu de suivre la route d'Orléans, ils marchaient dans les sentiers ménagés au milieu des arbres qui, à cette époque, formaient une immense ceinture de feuillage autour de Paris...

Les espions suivirent le même chemin...

Grâce au suprême effort que firent les maraudeurs, ils arrivèrent à une sorte de hutte composée de terre, de branches et de chaume...

Leurs forces les trahirent et ils tombèrent lourdement sur le sol.

Ce fut en cet endroit que La Bombarde et Vinasse les joignirent...

Les espions soulevèrent les corps inertes et aperçurent une dalle...

— Nous en savons assez pour aujourd'hui, déclara l'ancien sergent. Je donnerais ma tête à couper que l'entrée du souterrain est ici...

— Qu'allons-nous faire de ces gredins ? demanda Vinasse...

— Comme ils ont traité les poulets... traitons cette graine de bohémiens...

Les doigts noueux des espions étranglèrent les gypsis qui du lourd sommeil de l'ivresse passèrent dans celui de la mort ; puis chargeant les cadavres sur leurs épaules, ils allèrent les jeter dans une citerne voisine de la hutte.

— Il ne faut pas donner l'éveil aux gens de leur tribu, avait déclaré La Bombarde.

— Jamais ils ne trouveront ces jeunes canailles qui auraient fini par mal tourner si nous n'avions mis un terme à leurs déplorables actions, déclara Vinasse.

La Bombarde ordonna à son compagnon d'aller avertir Laffemas de la découverte qu'ils venaient de faire, pendant qu'il continuerait seul à explorer les bois.

Les campagnards des deux sexes qui regagnaient la chaumine après une journée laborieusement employée, étaient sournoisement dévisagés par l'ex-sergent.

Celui-ci espérait deviner un maraudeur dans chaque paysan, et retrouver une gypsie sous la cornette de toile bise des femmes...

Toujours marchant au hasard des chemins La Bombarde pénétra plus avant dans les bois.

De ses yeux attentifs, il interrogeait chaque taillis, espérant surprendre l'indice révélateur qui l'aiderait dans ses recherches.

Il remarqua que des hautes herbes avaient été foulées aux pieds par une troupe peu nombreuse.

— Demain, il fera jour, murmura-t-il, et nous suivrons cette piste.

La Bombarde sourit à la pensée de l'or et de la

vieille bouteille de Vouvray qui allaient récompenser son zèle.

Les ténèbres épaississaient...

Pas une étoile ne brillait au firmament.

— Cette poudreuse bouteille, je l'ai plusieurs fois méritée *aujourd'hui*, monologuait le sergent.

De même, qu'il y a souvent loin de la coupe aux lèvres... Il y avait très loin — cette nuit là — de la bouteille rêvée, aux lèvres gourmandes de l'espion.

. . . .

Un sifflement aigu déchira l'air, troublant ainsi le calme de la nuit.

— Diable !... grogna l'ancien soldat du Béarnais.

Une forme humaine bondit aussitôt ; puis disparut à la faveur des ténèbres.

— Saperdious !... voilà qui est grave, dit La Bombarde qui ne tremblait pas en présence d'un danger.

Il fit encore quelques enjambées au milieu des ronces. Sa main gauche tenait un long poignard. Un pistolet, tout armé, était dans sa main droite. A peine fit-il quelques pas, que son pied gauche buta contre un « corps » étendu sur le sol.

La Bombarde allongeait instinctivement les bras, lorsque deux mains vigoureuses lui saisirent les poignets, pendant que le « corps », lui emprisonnant les jambes, le faisait tomber lourdement à terre.

Le sergent avait laissé s'échapper son poignard. Mais son doigt s'étant crispé sur la gâchette du pistolet, une détonation se produisit, réveillant lugubrement les échos d'alentour.

Nul n'avait été atteint par le projectile... Cependant l'alarme était donnée...

Cinq hommes ligottèrent La Bombarde et lui arrachèrent son pistolet.

Par une délicate attention — sans doute pour le préserver des fraîcheurs de la nuit — ses agresseurs poussèrent la précaution jusqu'à lui bander les yeux et à lui introduire dans la bouche un tampon de chanvre, maintenu par une bande de toile solidement liée sous la nuque. Ainsi accommodé, il fut enlevé par quatre grands diables qui l'emportèrent...

« Où ? »

Plusieurs fois, en une minute, le sergent s'était adressé cette question sans — naturellement — pouvoir y répondre. Le damné bandeau de toile aveuglait impitoyablement ses yeux...

Cependant, d'après les secousses infligées à son « individu », La Bombarde pensa que ses ravisseurs descendaient un rapide sentier; puis en remontaient péniblement un autre.

Il devina ensuite que l'on venait de pénétrer dans un endroit « clos et couvert », mais bien mal aéré, à en juger par l'odeur de cave qui le prit aux narines...

L'odorat était, en ce moment, sa seule ressource pour respirer et... voir.

Enfin, après un *long* quart d'heure de voyage qui semblait au « patient » durer depuis quinze années, celui-ci fut, sans délicatesse, jeté à terre. Le baillon qui l'étouffait à demi et le bandeau qui l'aveuglait entièrement lui furent enlevés.

La Bombarde respira.

— Ouf! dit-il, ça ne va pas encore bien... Mais çà va, tout de même, moins mal que tout à l'heure.

Les lecteurs ont facilement deviné que l'espion du cardinal Richelieu venait d'être capturé par les « sujets » de Zora.

« A espion... Espion et demi » dit un proverbe que La Bombarde devait sans doute méditer à cette heure critique.

Renaud, comte de Miramas, — un masque de velours noir sur les yeux, — Zora, Rankir, Sériko et quelques bohémiens désignés par le sort « siégeaient », érigés en tribunal, dans la grotte où fut jeté le policier.

— La Bombarde!... sous ce costume de paysan, murmura le comte qui connaissait l'espion pour l'avoir vu chez Jeanot, que signifie un tel déguisement?

— Rankir, en qualité de doyen de la tribu et de chef du Conseil des Anciens, c'est à toi qu'incombe la mission d'interroger cet homme, dit Zora.

Le vieillard salua la jolie souveraine.

— Que viens-tu faire en ces lieux? demanda-t-il au chef des espions.

— Foi d'honnête homme!... Vous me causeriez un grand plaisir en me l'apprenant, bon vieillard, répondit La Bombarde.

Un furtif sourire, amené par la naïveté de la question adressée par Rankir, aussi bien que par la logique réponse du sergent, passa sur les lèvres de Renaud.

— Que venais-tu faire dans les bois de Bagneux ? reprit le vieux bohémien qui, cette fois, ponctua les mots.

— Père Mathusalem, goguenarda le prisonnier, mon médecin m'a conseillé les promenades au grand air...

— La nuit ?...

— Oui !... Le soleil, par ses chauds rayons, gâte la blancheur de mon teint...

— Tu es gai ?

— J'ai mes heures, vieux Noé...

— Celle-ci me semble mal choisie...

— Je commence à le croire... Tu as l'air grincheux... Tu sais, l'ancêtre, je plains ta femme...

— Sériko s'était penché vers Rankir et lui avait adressé quelques rapides paroles.

Le vieillard fit, de la tête, un signe d'acquiescement.

— On n'en tirera rien sans la torture, dirent quelques bohémiens.

Le chef des espions frissonna...

Rankir et Sériko sourirent...

— Ton savant médecin ne t'a-t-il pas conseillé de tenir tes pieds au chaud ? demanda le vieux gypsi.

— Vous m'ennuyez avec toutes vos questions ! répliqua La Bombarde. A-t-on idée d'une semblable indiscrétion !... Vous ne savez pas vivre, mon cher.

Une brassée de branches mortes et de fougères sèches fut jetée sur le feu allumé au centre de la petite grotte...

La flamme s'élançant alors, pétillante et gaie, éclaira la scène.

Le chef des espions vit distinctement les acteurs de ce drame où un rôle lui était « distribué »... malgré sa volonté.

Cet homme cupide, faux et menteur, ne sourcilla pas. Il était, nous l'avons dit, courageux et stoïque.

Zora appuyée sur le bras de Renaud dont les vêtements étaient dissimulés sous un long manteau de drap rouge, semblait personnifier l'implacable déesse de la Vengeance.

— Ton nom ? interrogea Rankir.

— Nicaise, Nicodème, Pancrace, répondit La Bombarde.

— Tu mens !...

— Je me demande en quoi mon nom peut vous intéresser?... Vous perdez votre temps, vieux radoteur... et, chose plus grave, vous me faites perdre le mien qui est précieux... Laissez-moi m'en aller !... ou je me fâche... Ah !... c'est que je me connais... moi.

— Vouloir partir est bien... Pouvoir serait mieux, dit en se moquant, Sériko.

— Belle malice !... bien digne du noireau qui l'a prononcée, murmura l'espion.

— Ton nom, vieux drôle ? demanda Zora.

— Tiens ! dit La Bombarde, voilà les femmes qui s'en mêlent... Elles ne sont pas polies... « Vieux drôle ! »... Ma parole !... on jurerait qu'elle me connaît.

— Cet homme est La Bombarde ; il appartient à

Laffemas dit à voix basse, le comte qui s'était appro ché de Rankir.

— Assez de finasseries, dit le vieillard.

— C'est mon opinion, vieux grison.

— Tu es La Bombarde ?

— Erreur !...

— Tu venais nous espionner ?

— C'est faux.

— C'est vrai !... Je n'interroge plus... J'affirme !...

— Libre à toi d'affirmer une erreur... Je ne suis qu'un pauvre paysan.

— Menteur !... Depuis hier tu as troqué ton uniforme de spadassin contre des vêtements d'emprunt ? Pourquoi ?...

Le prisonnier se contenta de lever dédaigneusement les épaules.

— Je vais répondre pour toi... Je vais dire ce que tu redoutes d'avouer ! s'écria Sériko.

— Décidément, tu dois être le malin de la bande, toi, dit l'ex-sergent...

— ... Tu venais dans les bois de Montrouge et de Bagneux pour surprendre le secret de notre refuge... Tu voulais livrer, à celui qui te paie, quelques nouvelles victimes... Est-ce vrai ?... Le malin de la bande est-il exactement informé ?

La Bombarde avait pâli...

— Ainsi, tu persistes dans tes dénégations ? dit Rankir.

— Je ne puis cependant mentir pour vous être agréable...

— Coquin ! s'écria Miramas impuissant à contenir plus longtemps la colère et l'indignation qui bouillonnaient en lui.

Au timbre bien connu de cette voix, La Bombarde fut pris d'un tremblement convulsif... Mais il eut la force de retenir les paroles de haine prêtes à s'échapper de ses lèvres.

— Faites venir les femmes, ordonna Rankir.

— Inutile, vieux bouc, je n'en use plus depuis longtemps, dit, en essayant de rire, le chef des espions.

Un des bohémiens s'était éloigné pour exécuter l'ordre donné par le vieux Rankir...

... Six des plus robustes femmes de la tribu pénétrèrent alors dans la grotte...

Elles tenaient à la main de longues et flexibles cravaches faites de fils métalliques...

Devinant le supplice qui lui était réservé, l'ex-sergent murmura :

— Ça va mal !... Tantôt j'ai étranglé un voleur... Ce soir on me rosse... Quel roue tournante que la vie !... Le tantôt, bourreau... Le soir, victime...

Le malheureux fit appel à toute son énergie.

— Reconnais-tu avoir étranglé deux de nos jeunes frères ? demanda Rankir.

— Qu'est-ce que vous me chantez-là ?

— Tu nies ?

— Oui !...

— Femmes, — dit le chef du « Conseil des Anciens », — rendez-lui la mémoire.

Les gypsies se précipitèrent sur l'espion... Elles lui arrachèrent ses vêtements.

— Vous allez me faire prendre un rhume ! s'écria le sergent qui eut encore le courage de rire.

— Réchauffez-le, mes belles tigresses, commanda l'impitoyable vieillard.

Les cravaches des bohémiennes s'abattirent sur le corps du malheureux espion...

...La peau, d'abord zébrée, se crevassait sous de nouveaux coups... Le sang giclait après chaque « caresse » des cravaches.

— Assez !... Assez ! hurlait La Bombarde.

— Plus fort ! répondait Rankir.

— ...Vous allez vous fatiguer !... Grâce !... Grâce ! râlait l'espion.

Rankir fit un geste de la main... Les jolis bourreaux cessèrent de tourmenter leur victime.

— Parleras-tu ? demanda Rankir à l'espion.

— Oui !...

— Reconnais-tu avoir étranglé deux de nos frères ?

— Non !...

— Salez ce porc ! ordonna le vieux gypsi.

Les femmes jetèrent leurs cravaches et, puisant dans une sébille pleine de sel, elles en saupoudrèrent le corps du malheureux.

La douleur fut horrible...

Vaincu, grâce à la cuisson provoquée par ce sel qui pénétrait dans les plaies, La Bombarde s'écria :

— Je veux parler !...

Les traits convulsés du misérable indiquaient le degré de souffrance ressentie.

— Tu as été bien longtemps à te décider, railla Sériko.

— Toi, si jamais je te pince, murmura l'ex-sergent.

— Parle ! ordonna Rankir.

— Me promettez-vous la vie sauve ?

— Parle d'abord...

— Promettez... ou je ne dirai rien.

— Parle donc !...

— Promettez !...

— Finissons-en ! ordonna Rankir.

Les tortionnaires s'emparèrent de tisons et se mirent à rôtir les cuisses et les bras de La Bombarde.

Une odeur de chair brûlée empuantissait l'air...

— Que je souffre !... Mon Dieu, que je souffre, gémissait l'espion dont tout le corps n'était plus qu'une plaie fumante. Arrêtez, que diable ! j'ai trop chaud...

— As-tu étranglé nos frères ?

— Oui...

Les femmes cessèrent leur « grillade ».

— Que devons-nous faire d'un tel gredin ? demanda Rankir.

— L'achever ! déclarèrent les assistants.

— J'ai parlé, — dit le sergent, je proteste !...

— La mort ! dirent les gypsis.

— Grâce !... mes bons amis... j'ai avoué.

— Tu n'a pas eu le stoïque courage de nos jeunes frères... Eux sont morts silencieux, dit Zora.

— Ils étaient déjà ivres-morts ! Plaidez ma cause, comte de Miramas, gémit La Bombarde.

— Tu voulais nous livrer, répliqua Renaud.

— C'était le devoir qui me l'ordonnait.

— Il t'ordonnait de me faire prendre ?...

— Hélas !...

— Le mien me commande de te laisser mourir, dit froidement le gentilhomme...

— Comte, je vous en supplie...

— Assez !... meurs en brave... Tu es un coquin ; mais tu n'es pas un lâche, répondit Miramas qui en s'éloignant mit un terme aux supplications du misérable.

— Femmes, dit Rankir, cet homme est à vous... Prenez-le... Je vous l'abandonne...

— Faites-le bien souffrir, recommanda Sériko.

— Pour venger nos frères, dirent quelques bohémiens.

— Race maudite ! s'écria l'ancien sergent qui devant l'inévitable mort venait de retrouver son énergie de vieux soldat — le cardinal me vengera.

Le roi Louis XIII nous protégera lorsqu'il apprendra le motif qui nous pousse à de telles cruautés, répondit Sériko.

Semblables à des tigresses, ivres de sang et de carnage, les bohémiennes se ruèrent sur leur victime...

...Pendant de longues heures le sergent souffrit mille tortures...

La Bombarde n'était plus qu'un amas de chairs

sanglantes et d'os broyés, lorsque la mort mit un terme à son supplice.

VI

Les espions qui entendirent le coup de pistolet tiré par la Bombarde crurent à un signal convenu entre eux et leur chef. Aussi, obéissant à la consigne reçue au moment où ils avaient quitté Laffemas, ces hommes se replièrent en toute hâte pour regagner la demeure du confident de Richelieu.

La Bombarde seul ne devait pas reparaître... et pour cause...

— Comment se fait-il que votre chef ne soit pas avec vous ? demanda Laffemas lorsque les espions se présentèrent devant ses yeux.

— Il devait être aux environs de la forêt de Bagneux, déclara Vinasse.

— Un coup de pistolet a été tiré dans la forêt, dit Fureteur.

— C'est à n'en pas douter, la Bombarde qui a tiré, affirma Nez-Fin. À la façon, toute spéciale, dont il charge ses armes, je reconnaîtrais, entre dix, le bruit causé par leur détonation.

— Et toi, Faucheux, que vas-tu nous apprendre ? demanda Laffemas.

Le personnage qui répondait au nom caractéristique de Faucheux, tira un poignard de sa ceinture et le mit devant les yeux du comte.

— Regardez, Capitaine, dit-il, voici un joujou ramassé près du raidillon qui conduit aux carrières de Bagneux.

— Que peut nous apprendre la possession de cette arme ? demanda Laffemas intrigué.

— Le poignard de notre chef ! s'écrièrent Vinasse, Fureteur et Nez-Fin.

Le *bravo* du cardinal avait compris.

A ce moment, dix heures sonnèrent à l'horloge de la salle dans laquelle avait lieu le conciliabule entre Laffemas et ses espions.

Gilbert de Montchardon, La Licorne, Jupiter le Terrible et Apollon de Belamour pénétrèrent silencieusement, ne voulant pas interrompre le « rapport ».

Laffemas dont les yeux s'étaient injectés de sang avait une effrayante mine.

« Ça va mal », pensèrent les spadassins...

— Savez-vous ce qui se passe, messieurs ? dit enfin l'exécuteur des basses œuvres du cardinal.

— Nous l'ignorons répondit La Licorne, mais à en juger par votre émoi, Capitaine, les nouvelles ne doivent pas être réjouissantes...

— Elles sont terribles, Messieurs !...

— Mordious !...

— Sacredious !...

— Cape de Bious ! !...

Jurèrent les spadassins.

— Apprenez donc, Messieurs, que ces bohémiens maudits viennent de mettre le comble à leur audace

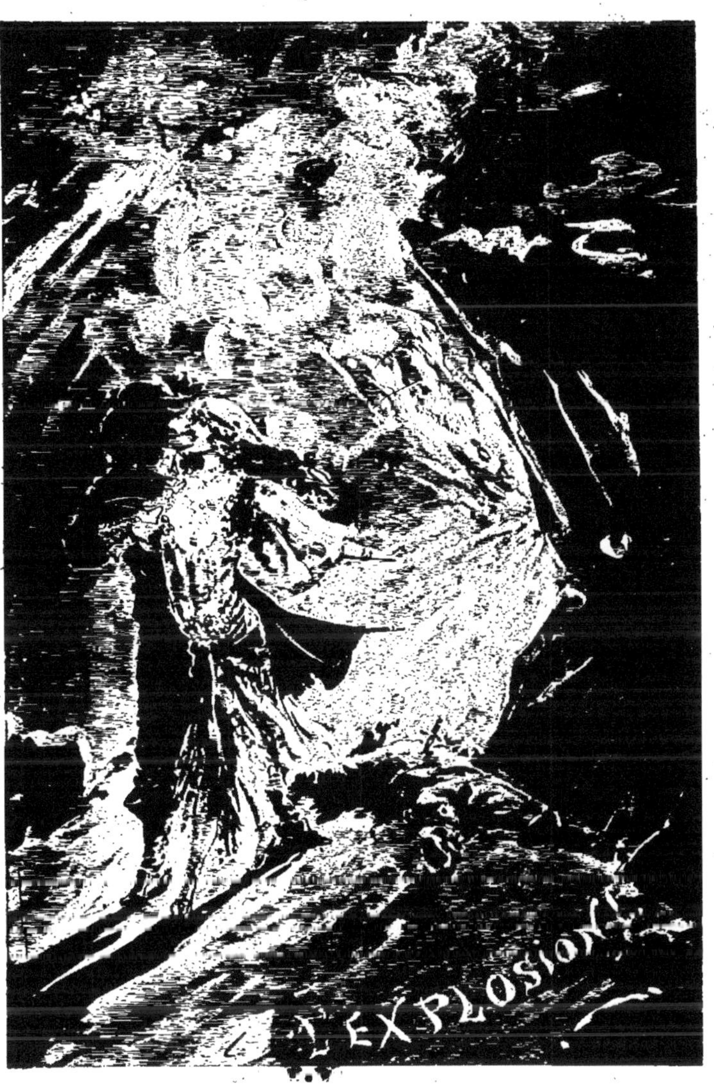
L'EXPLOSION.

en s'attaquant à mon fidèle La Bombarde... Ils l'ont peut-être déjà égorgé...

— Pauvre diable !... murmura Jupiter.

— C'était un bon soldat ! dit La Licorne.

— Satan trouvera à qui parler ! déclara Belamour.

— Mais quelles raisons vous font supposer que cet homme soit mort ? demanda Montchardon.

— Son absence... Allons, Messieurs, il faut agir cette nuit même, reprit Laffemas. De la promptitude de nos actes dépendra, j'en suis persuadé, le succès de l'entreprise que nous allons tenter.

— Avez-vous des indices, Capitaine ?

— Oui, Jupiter, j'en possède...

— Monsieur de Laffemas daignera-t-il m'autoriser à émettre mon humble avis ? demanda un des espions.

— Parle, Nez-Fin...

— Mon opinion, Monsieur, a l'extrême honneur d'être conforme à la vôtre...

— Allons... tant mieux, murmura Belamour.

— Ne raillez pas cet homme, dit froidement Laffemas. Si vous possédez dans votre cœur, l'audace et la bravoure... Nez-Fin, possède, lui, la patience et la ruse... Ces qualités sont utiles en l'occurence.

Apollon rougit et tortilla sa longue moustache jaune.

— Je suis le lion, dit-il, et Nez-Fin le serpent.

L'espion qui savourait les flatteuses paroles prononcées par le capitaine, fit une grimace en entendant la comparaison entre Belamour et lui.

— Continue à nous exposer tes projets ? lui dit Laffemas.

— Mon capitaine, il faut nous mettre en campagne cette nuit même... Les traces laissées par La Bombarde sont encore fraîches... Dague et Escopette, ses chiens fidèles, nous guideront partout où leur maître aura passé...

— Bien !... Ton idée est excellente, déclara Laffemas.

— Bravissimo ! s'écria Belamour, qui, par cette enthousiaste exclamation, voulait effacer la mauvaise impression produite par sa bien innocente raillerie.

— Nez-Fin, tu es farci de bonnes idées... comme une dinde de truffes, dit en matière de compliment, le gascon La Licorne.

. . . .

L'alarme fut silencieusement donnée aux bandes qui obéissaient à Laffemas.

Trente gaillards armés de mousquets, emplirent leurs poches de munitions...

D'autres bourrèrent de poudre quatre énormes sacoches en peau de bouc qui furent déposées sur des brancards...

Des mèches soufrées furent enroulées autour de la taille des porteurs de poudre...

Quand, vers une heure du matin, cette petite armée se présenta à la *Porte d'Enfer*, l'officier qui commandait la porte s'étonna de voir tant de « gentilshommes » équipés en guerre...

Laffemas s'avança et dit :

— Service de Son Eminence...

— La preuve ? demanda l'officier.

— Regardez-moi, répliqua le capitaine.

— Monsieur de Laffemas ! s'écria l'officier...

L'instant d'après le capitaine et sa troupe s'engageaient sur la route d'Orléans.

En éclaireurs, marchaient Nez-fin et son compère Faucheux.

Les deux espions tenaient en laisse Dague et Escopette, énormes levriers intelligents et féroces... Les animaux après avoir flairé et léché le poignard échappé des doigts de leur maître, poussèrent de lugubres gémissements... hurlèrent sinistrement.

— Ils devinent la Mort, fit remarquer Fureteur.

Laffemas et ses officiers étaient, malgré eux, en proie aux plus tragiques pensées.

Silencieux, les « soldats » suivaient leurs chefs.

La nuit était noire... La lune prisonnière de sombres nuages n'apparaissait pas encore... Les étoiles étaient rares.

— Belle nuit pour chasser au gîte, murmura Montchardon.

— Sinistre nuit... Ténèbres complices des embuscades, répondit La Licorne.

La petite troupe cheminait depuis quelques instants lorsqu'une vive lueur, suivie presque aussitôt d'un tourbillon de flammes et d'étincelles, illumina l'horizon.

— Le feu !... Le feu ! crièrent quelques hommes.

— Silence !... Nous ne sommes pas aveugles... ni sourds, dit brutalement Laffemas.

— C'est au cabaret de Blaize Thibaut, dit Vinasse.

— N'est-ce pas cet homme qui a dénoncé la présence des deux bohémiens étranglés hier ? demanda le capitaine.

— C'est lui-même, répondit l'espion.

— Les gypsi se vengent, murmura sourdement Belamour.

— Cape de bious !... Ce feu maudit va dénoncer notre présence, dit Montchardon.

Obéissant à un ordre donné par Laffemas, les hommes se dissimulèrent de leur mieux en marchant dans les fossés, et en courbant l'échine lorsqu'ils passaient le long des haies d'aubépine et de prunelle...

Dague et Escopette tout en flairant le sol, tiraient sur la corde que tenaient Nez-Fin et Faucheux.

Les intelligentes bêtes « sentaient » leur maître...

En effet, La Bombarde avait passé par là...

. . . .

Belamour avait deviné juste en déclarant que la lueur qui empourprait le ciel était provoquée par l'incendie du cabaret de Thibaut.

Quelques instants avant que les flammes ne s'élançassent à travers le chaume dont était faite la toiture, le gypsi Sériko et quatre de ses compagnons avaient égorgé les infortunés époux, et mis le feu à leur maison en disant :

— Justice est faite... Nos frères sont vengés.

. . . .

Les « vengeurs » regagnaient hâtivement leur repaire, lorsque le bruit causé par la marche d'une troupe armée attira leur attention.

Sériko fit signe à ses hommes de suspendre leur course...

Quant à lui, semblable à un indien sur la piste de guerre, il s'étendit sur le sol; y appliquant l'oreille... il écouta.

— Alerte, frères, dit-il presque aussitôt en se redressant d'un bond.

Des aboiements retentirent non loin d'eux.

— Ils ont des chiens! s'écrièrent les bohémiens qui déguerpirent au plus vite.

— Les bêtes maudites dont le comte nous a signalé l'existence... La Bombarde se venge après sa mort, disait Sériko.

Les abois redoublaient de violence...

Les pas des soldats broyant les frêles branches, et le cliquetis de leurs armes, s'entendaient distinctement.

— Jamais nous n'aurons le temps d'arriver à une issue, dirent les gypsis qui se préparèrent à combattre...

Par ses bonds furieux, le chien Dague ayant rompu sa corde fut bientôt arrivé à l'endroit où se trouvaient les cinq gypsis.

— Les chiens !... s'écrièrent quatre d'entre eux.

Le cinquième venait de rouler à terre, la gorge ouverte par les crocs du redoutable levrier.

Rapide comme l'éclair qui déchire la nue, les poignards des gypsis couvrirent de blessures le courageux animal qui, rendu furieux par le goût et l'odeur du sang, s'acharnait sur sa victime...

Dague était perdu...

— Nous les tenons !... Ce sont eux, s'écria la Licorne qui, plus agile que ses compagnons s'élançait sus aux bohémiens, suivi seulement de deux ou trois soldats.

Les gypsis s'étaient jetés dans la futaie... Résolus à bien mourir, ces hommes énergiques préféraient vendre chèrement leur vie, plutôt que de rencontrer le salut dans une fuite qui ferait découvrir la retraite de toute la tribu...

L'incendie de la chaumière des Thibaut était éteint faute d'aliments... Ses lueurs sanglantes n'éclairaient plus la campagne...

— Victoire !... En voilà toujours un de moins, s'écria La Licorne, qui venait de buter contre le corps du bohémien sur lequel Dague achevait de mourir.

— En voilà trois ! — rectifia une voix sonore dont le timbre vibra tragiquement dans la nuit.

Deux coups de feu retentirent... Un soldat atteint au cœur tomba comme une masse.

La Licorne porta la main à son front... chancela ; s'appuyant sur son épée, il essaya de rester encore debout... face à l'ennemi.

— L'embuscade — murmura-t-il — mes sinistres pressentiments ne me trompaient pas.

Une troisième détonation déchira l'air... Une balle

vint achever le spadassin qui — les bras ouverts en croix, les yeux regardant le ciel — tomba lourdement sur le sol...

Laffemas suivi de ses hommes venait de faire irruption dans le sentier.

Il fit un geste de désespoir à la vue de ces deux nouvelles victimes tombées en le secondant pour satisfaire les haines de Richelieu.

Le capitaine voyait rouge. Il réclamait des flots de sang bohémien pour y noyer son effroyable colère.

On alluma des torches... La chasse à l'homme recommença plus terrible...

Les bohémiens cernés de toute part, luttaient en désespérés.

Abrités par les rocs éboulés en ces lieux depuis des siècles, les quatre hommes déchargeaient leurs armes à coup sûr.

Quinze braves avaient teinté de leur sang — rosée vermeille — les herbes et les hautes fougères de la forêt.

Blessés... N'ayant de munitions que pour combattre durant quelques minutes encore, les gypsis décidèrent que l'un deux s'échapperait de cette souricière pour aller donner l'alarme à la tribu.

Sériko, désigné par ses deux compagnons, se glissa — semblable au serpent qui rampe — sous les hautes herbes... En un instant il fut hors des lignes ennemies.

Pendant qu'il s'éloignait, les gypsis continuaient

à faire un feu meurtrier dirigé sur leurs ennemis et protégeaient ainsi la fuite de Sériko...

Puis la mousquetade cessa brusquement...

. . . .

Lorsque les compagnons de Laffemas pénétrèrent dans le chaos de rochers, ils trouvèrent trois hommes ayant un stylet enfoncé dans le cœur.

Privés de munitions pour continuer la lutte, les gypsis n'avaient pas voulu tomber vivants entre les mains de leurs ennemis.

Ils s'étaient poignardés...

— Ils épargnent une belle besogne au bourreau — dit le capitaine.

— En chasse !... En avant ! — criait Vantardec.

— Taïaut !... Taïaut ! — disait Nez-Fin entraîné par le chien de feu La Bombarde.

VII

Le crépitement de la mousquetade avait été entendu par les habitants du souterrain.

Stimulé par l'instinct de la conservation, et aussi par l'imminence du danger commun, chaque bohémien prit ses dispositions en conséquence.

Aussi, lorsque Sériko fit son apparition au milieu de la tribu assemblée, en criant :

— Alerte !...

— Nous sommes prêts ! — purent répondre ses frères qui brandirent leurs armes.

Les gypsis avaient, nuit et jour, ces fidèles et terribles compagnes à portée de leur main.

. . . .

Le silence qui précède les grandes crises s'était fait sous la voûte de l'immense caverne.

— Comte Renaud de Miramas, — dit le vieux Rankir, — c'est toi qui aura l'honneur de nous commander.

— Oui !... Oui ! — s'écrièrent les bohémiens.

— Je suis votre ami, Rankir... Je besognerai de mon mieux... Je jure de vous sauver, ou de mourir en combattant pour vous, — s'écria le gentilhomme.

— Bien ! — dit Zora. — Tu es un vaillant... et je suis fière de toi.

Le comte pressa rapidement les mains de la jeune reine des gypsis...

— A l'ouvrage, mes frères... Elevez une barricade à l'entrée du souterrain venant de la chapelle... Arrêtons nos ennemis dans leur marche... Gagner du temps est un atout qui nous aidera à enlever l'enjeu de cette terrible partie d'où dépendra votre liberté s'écria Renaud.

. . . .

Les bohémiens, aidés par les efforts réunis de leurs femmes et de leurs enfants, entassèrent des blocs de rochers...

... Le passage fut obstrué dans toute sa hauteur, — environ dix pieds...

Le désespoir et la rage de se voir traqués comme des bêtes fauves, animaient les travailleurs et stimulaient leur énergie...

L'ouvrage de défense fut rapidement achevé.

Déjà, les bohémiens se laissaient aller à envisager leur situation sous un aspect moins tragique, lorsqu'une formidable secousse fit trembler les voûtes.

La terreur fit, dans leur pensée, place à l'espoir...

Laffemas venait de faire sauter la lourde porte fermant le souterrain... Les battants de chêne s'écroulèrent au milieu des débris de toute nature.

— C'était à prévoir, — dit simplement le comte.

Rankir et Sériko s'évertuaient à rassurer leurs frères en Krishma.

Miramas ordonna la construction d'une deuxième barricade à l'extrémité de la grande grotte... Un étroit passage y fut ménagé pour permettre aux gypsis de battre en retraite si la première barricade tombait au pouvoir des assaillants...

. . . .

Les torches tenues par les compagnons de Laffemas faisaient s'envoler les quelques oiseaux de nuit miraculeusement échappés aux éclats meurtriers lancés de toute part au moment de l'explosion.

... Le chien Escopette guidait les chasseurs de gibier humain...

Après avoir, pendant quelques minutes, perdu la

piste, il venait — grâce à son flair merveilleux — de la retrouver.

... Les soldats explorèrent l'intérieur du souterrain... Là, aucun indice suspect ne s'offrit en pâture à leurs ardentes recherches.

Quant à l'espion Fureteur... il furetait.

— Selon moi, — dit-il en s'arrêtant devant une étroite porte, — c'est ici que nous devons trouver le mot de l'énigme.

— Démolissez ! ordonna le capitaine.

Sous l'effort répété de la cognée, les panneaux furent jetés bas.

Fureteur s'emparant d'une torche que portait un soldat placé près de lui, s'écria :

— Quand je le disais !... Voilà un escalier...

Laffemas suivi des soldats descendirent.

Les espions — la torche au poing — éclairaient la farandole guerrière...

Ils envahirent la grotte où avait été « jugé » et martyrisé la Bombarde. Semblable à un possédé, Escopette hurlait et se démenait... Il flairait le sol qu'il labourait ensuite de ses pattes.

— Je jouerais ma part du ciel, que le vieux sergent est là-dessous, — déclara Nez-Fin —. Ce renflement de terre fraîchement remuée doit recouvrir son cadavre.

Les assistants étaient émus... Escopette s'acharnait contre le sol... La pauvre bête poussait des hurlements plaintifs. Sur l'ordre donné par Laffemas, des soldats creusèrent en cet endroit.

La « bouillie sanglante » qui s'offrit aux yeux terrifiés des piocheurs redoubla leur colère.

Laffemas mordait nerveusement sa moustache.

Escopette se coucha sur le cadavre de son maître...

Les bohémiens immobiles et silencieux, le doigt sur la gâchette de leurs arquebuses et de leurs mousquets, attendaient les ordres de Miramas.

Dans la barricade quelques meurtrières avaient été ménagées.

Les soldats du capitaine poussèrent des exclamations arrachées par la surprise et le dépit en arrivant devant cet obstacle improvisé.

— Il n'y a donc pas d'issue à cette grotte damnée? — s'écria Laffemas.

— Cette barrière a été récemment élevée, — fit remarquer Nez-Fin. — La mousse n'en recouvre pas les parois comme elle le fait sur les autres murailles.

— Renversons cet obstacle! commanda le confident de Richelieu.

Miramas jugeant le moment propice pour décourager la tentative de ses agresseurs, fit un signe à ses bohémiens.

Aussitôt les meurtrières vomirent des flammes et crachèrent du plomb.

Dix soldats tombèrent mortellement atteints... Un cri de rage s'échappant des lèvres des survivants vint réjouir le cœur des assiégés.

— Ce serait folie, — dit le capitaine, aussitôt le premier moment de stupeur passé, — de leur répondre par des mousquetades... Nous serions inutilement massacrés... Utilisons la poudre et les mèches que j'ai fait apporter.

— Gare aux éclaboussures, dit Faucheux.

— Retirez-vous tous dans le couloir, ordonna Laffemas.

— Monsieur, s'empressa de dire Jupiter, laissez-moi accomplir l'héroïque prouesse que vous rêvez d'exécuter... Je...

— ... pas un mot de plus, monsieur... Obéissez !... Si je succombe... vous me vengerez... J'ai dit !...

Les aventuriers se groupèrent dans le couloir qui communiquait de la porte brisée à la petite grotte.

Belamour les fit s'allonger sur le sol pour, étant dans cette posture, offrir moins de résistance à la poussée d'air qui allait se produire au moment de l'explosion.

Nez-Fin et Vinasse apportèrent les sacoches remplies de poudre et les déposèrent au pied de la barricade.

Deux hommes y buttèrent des morceaux de pierre pour augmenter la résistance et, par conséquent, la force de l'explosion.

Laffemas s'était avancé...

Agenouillé devant les sacoches, il introduisait une mèche soufrée dans le trou que venait de percer son stylet...

Il battit alors le briquet... Une étincelle jaillit. Le chanvre soufré avait pris feu...

Le capitaine se relevant promptement rejoignit ses compagnons...

Quelques secondes après, les mèches étant consumées, la poudre prenait feu et déterminait l'explosion...

Les aventuriers escaladèrent audacieusement les débris de la barricade écroulée...

Miramas, dès qu'il eut commandé aux bohémiens cette meurtrière décharge qui, saluant l'entrée en scène des agresseurs, fit dix victimes, ordonna la retraite vers la seconde barricade.

L'issue fut ensuite obstruée au moyens d'énormes quartiers de granit.

— Frères ! dit alors le comte, êtes-vous résolus à mourir, ici, avec vos femmes et vos enfants ?...

— Connais-tu un moyen pour éviter notre massacre ? demanda Rankir.

— Oui !...

— Parle ?..,

— Toi, Rankir, commanda le comte, tu vas t'éloigner en compagnie des femmes et des enfants... Vous suivrez le souterrain qui, d'après ce que Zora m'a affirmé, débouche dans la forêt de Verrières.

— Après ? demanda Rankir.

— Après, dit Zora, si dans deux heures vous ne nous voyez par paraître... c'est ce que nous serons morts... Il faudra, sans tarder, vous rendre aux catacombes de Paris où sont nos frères... Ce sera quelques heures de marche à exécuter à travers les bois et les souterrains qui vous sont familiers.

— J'ai promis d'obéir... j'obéirai donc, répondit

Rankir. J'aurais cependant préféré combattre et mourir au milieu de vous, mes chers enfants.

— Il faut un homme sage et courageux comme tu l'es, Rankir, pour protéger nos sœurs et les enfants, dit Zora.

... La jolie souveraine donna son front à baiser au vieillard ; sourit aux femmes, aux enfants et aux vieux de la tribu qui allaient partir.

Ceux-ci s'engagèrent dans le souterrain non sans avoir adressé leurs vœux aux braves qui allaient combattre et, sans doute, mourir pour protéger leur fuite.

. . . .

Zora était restée...

— Il faut t'éloigner, belle souveraine, dit Miramas.

— Je reste près de toi, mon amant bien aimé.

— C'est la mort, Zora.

— Je combattrai à tes côtés... car je t'aime...

— Je t'adore, belle Zora.

Sériko qui avait entendu cet échange de douces paroles, décocha un sinistre regard au comte qu'il haïssait et qu'il accusait de lui avoir volé le cœur de Zora.

— « Je veillerai » pensa la bohémienne qui venait de surprendre l'expression sinistre que reflétait le regard de Sériko.

Une cinquantaine d'hommes résolus restèrent... Tous étaient décidés à mourir pour la défense de la tribu.

— Courage, frères, dit Renaud, le combat va recommencer...

A peine ces paroles furent-elles prononcées que l'explosion eut lieu et que la première barricade s'écroulait avec fracas...

VIII

Les compagnons de Laffemas, en arrivant dans cette grotte immense, ne furent pas médiocrement surpris de la trouver déserte.

Flairant un piège, ils hésitèrent à se risquer plus avant...

— Courage !... suivez mon exemple, dit Montchardon.

Quelques soldats entraînés par leur chef s'élancèrent à sa suite.

— Feu !... commanda Renaud. Il ne faut à aucun prix les laisser s'approcher de cette barricade. Ils la feraient sauter comme la première.

Dix balles bien dirigées abattirent dix hommes.

Les soldats tirèrent... Mais les balles s'écrasèrent contre le rampart de granit, ne blessant personne.

— Feu toujours ! ordonna le comte, ne tirez que par salves de dix...

Les salves, de part et d'autre, se succédèrent rapidement.

Bien à couvert derrière leur barricade, les gypsis

LES VEILLÉES CHEZ LA REINE

tiraient sans danger. Leurs coups bien sûrement dirigés décimaient les soldats du capitaine.

— En avant ! ordonna Laffemas.

— Volontiers ! répondit Nez-Fin, mais à plat ventre.

— Tu as raison, mordious ! s'écria Jupiter...

... Rampant sur le sol de la caverne, quelques soldats parvinrent au pied de la barricade.

— Feu !... Feu !... hurlait Miramas qui jugeant la partie compromise, voulait avant de succomber, causer de grands ravages au milieu des rangs ennemis.

— A tout à l'heure, Miramas ! s'écria Belamour qui avait reconnu, dominant le bruit causé par les mousquetades, la voix du comte.

— A maintenant ! répliqua Renaud qui abattit le *raffiné d'honneur* d'une balle en plein visage.

Apollon tomba comme une masse...

— Gilbert, râlait-il, mon... cher pays,... je... te... lè... gue... mes... dettes... Adious !...

— Merci, tout de même répondit Montchardon, tu seras vengé... pauvre ami...

... La lutte était terrible...

— Aux poignards ! commanda Renaud — Ne perdons pas un temps précieux à recharger nos armes.

Quinze bohémiens ayant voulu, du sommet de la barricade, tirer sur les soldats qui avançaient à plat ventre, furent mortellement atteints par les balles des mousquets.

Nombreux étaient les blessés.

Les longs coutelas des assiégés causaient d'horri-

bles blessures aux soldats qui se ruaient à l'escalade.

Faucheux et Fureteur furent tués au moment où ils allaient réussir à déplacer un ces blocs qui obstruaient le passage pour pénétrer dans l'intérieur de la barricade.

Des trente et quelques hommes qui composaient sa troupe, Laffemas n'en rassembla qu'une dizaine encore en état de lutter.

Miramas, plus heureux, avait encore une trentaine de compagnons valides... sinon exempts de blessures.

Les agresseurs avaient battu en retraite...

Au fond de la grotte, Laffemas, Montchardon et Vinasse élaboraient un nouveau plan d'attaque...

Derrière la barricade, les gypsis profitaient de cet instant de répit pour écouter les paroles de leur souveraine.

— Il est inutile de prolonger indéfiniment la lutte et de nous faire tuer sans profit derrière cette barricade... Frappons un grand coup !... mais finissons-en, disait-elle.

— Nous ne demandons pas mieux, répondirent les bohémiens.

— Quels sont tes projets ? demanda Renaud.

— Profiter de la minute présente pour répandre la poudre que nous avons dans ces tonneaux... puis nous éloigner et, au moment précis... faire sauter nos ennemis.

— Tu es véritablement digne d'être notre reine, dit Sériko.

Des sentinelles surveillèrent les assaillants, pendant que d'autres gypsis éventrèrent avec d'infinies précautions, les barils contenant de la poudre...

Des traînées de poudre furent répandues sur le sol, faisant communiquer les tonneaux entre eux.

Les défenseurs de la barricade s'engagèrent alors dans le souterrain par lequel étaient passés Rankir et les membres de la tribu trop âgés ou trop faibles pour combattre.

Miramas, Zora et Sériko restèrent seuls derrière la barricade...

— ...Voilà les soldats qui se glissent le long des parois de la grotte, dit le comte qui avait pris la place des sentinelles...

— En retraite ! supplia Zora.

— Allons ! répondit Miramas qui descendit de son observatoire.

La belle gypsie, le comte et Sériko s'éloignèrent rapidement en semant en une large traînée, la poudre contenue dans le sac qu'ils emportaient avec eux.

Au bout d'une centaine de pas ce sac fut vide...

. . . .

Laffemas et les survivants de sa troupe étaient arrivés au pied de la barricade.

— Bien étrange, cet obstiné silence, murmura Nez-Fin.

L'espion monta sur le faîte du mur improvisé...

Malgré l'obscurité, ses yeux distinguèrent les silhouettes des barils éventrés... Il devina un piège.

— Arrière ! cria-t-il en descendant rapidement.

Instinctivement les soldats obéirent... Mais, trop tard pour n'être pas fauchés par la terrible explosion qui, tout en semant la mitraille de pierres, fit trembler la caverne sur ces bases.

Un nuage de feu tourbillonnait en tout sens.

. . . .

Lorsque Zora eut jugé que sa petite troupe était à une assez grande distance de la barricade pour ne pas avoir à redouter les suites de l'explosion, elle avait arraché un pistolet de la ceinture du farouche Sériko l'avait déchargé sur la traînée de poudre.

A ce moment Sériko se précipita sur Renaud afin de tuer l'homme que Zora lui préférait.

Mais le comte était robuste...

D'une main il saisit son agresseur à la gorge ; de l'autre il lui tordit le poignet.

Zora ramassa l'arme qui venait de s'échapper d'entre les doigts du gypsi et la lui plongea dans la poitrine.

Le misérable tomba sans proférer une plainte.

— En route ! s'écria la jolie bohémienne.

— En route ! répéta Miramas qui baisa longuement les lèvres de sa vaillante maîtresse...

Lorsque l'ouragan d'air, de feu et de rochers fut passé, un homme se releva — couvert de blessures, il est vrai. — Il promena ses regards sur le champ de bataille...

Les torches s'étaient éteintes au moment de l'explosion, Laffemas, — car c'était lui qui avait miraculeusement échappé à la mort — eut de la peine à reconnaître Jupiter le Terrible dans ce blessé au visage couvert de sang, dont la voix brisée demandait:

— A boire...

Un troisième blessé se traînait péniblement vers le groupe formé par le capitaine et son compagnon.

— Nez-Fin, dit Laffemas qui reconnut l'espion.

— Bien moulu, monsieur, mais toujours à vos ordres, répondit cet homme qui, après avoir été soulevé avec un énorme bloc de rocher au moment de l'explosion, était retombé sur ses « pattes » comme un chat.

Nez-Fin battit le briquet et fut assez adroit pour allumer un débris de torche qui traînait à ses pieds.

Après mille efforts, Laffemas et Nez-Fin qui soutenaient les pas chancelants de Jupiter, purent regagner la première barricade.

Le capitaine se retourna une dernière fois.

— A moi !... mes soldats, dit-il d'une voix forte.

L'écho se répercutant sous les voûtes, repéta seul les paroles prononcées.

Les cadavres qui gisaient, çà et là, broyés,... défigurés,... brûlés, ajoutaient à la tristesse du lieu.

Escopette n'avait pas quitté la tombe de son maître...

Il grogna lorsque Nez-Fin fit mine de vouloir l'entraîner au dehors.

Enfin, le Capitaine et ses compagnons revirent la lumière du soleil qui se levait sur la campagne encore endormie.

— Malheur à Miramas !... Malheur à Zora !... Comme je me vengerai d'eux ! dit Laffemas.

. . . .

IX

Montorcy achevait de dîner en compagnie de Luc de Nieuville, lorsque le baron s'écria :

— Décidément, mon cher, vous êtes malade... ou amoureux.

— Amoureux !

— Pourquoi sursauter en prononçant ce mot charmant ?...

— Parce que vous venez de dire une folie...

— ... Ou la vérité...

Luc se leva et vint à son ami qui avait également quitté la table.

— Pourquoi chercher à vous dérober à la clairvoyance de mon amitié ?...

Jadis insouciant ; amateur de longues chevauchées... vous êtes devenu morose et vous ne quittez plus Paris... Pourquoi ?

— Que sais-je ?...

— Je vais répondre pour vous, mon cher comte...

Luc sourit tristement.

— Vous êtes amoureux...

— Quelle folie!...

— Très amoureux!...

— Encore!...

— Toujours!...

Seriez-vous épris d'une des dames d'honneur de la Reine?...

— Plût au ciel!...

Nieuville devint sérieux...

— Seriez-vous amoureux de?... Non!... c'est impossible...

— Cela est!...

— Malheureux! s'écria le baron.

— Trop malheureux, en effet... L'existence que je mène depuis le jour où ce fatal amour a pris racine dans mon cœur, est intolérable... Je suis jaloux du roi dont j'adore la femme... Je suis jaloux de Richelieu qui désire cette reine... Je suis jaloux des courtisans qui lui baisent la main... Je suis jaloux de ce Buckingham...

— Celui-là n'est pas à redouter... La mer le sépare de la dame de ses pensées...

— Il est aimé de la Reine...

— ...qui ne lui a rien accordé...

— Qu'en savez-vous?

— Marie me l'aurait dit!...

— Vous avez la passion joyeuse, mon cher Luc...

— Naturellement! puisqu'elle est payée de retour...

— Oui, à toute heure, je songe à notre belle souveraine que je voudrais soustraire à l'amour du cardinal... Penser qu'Anne, si belle et si jeune, pourrait un jour offrir ses lèvres à ce ministre que je hais...

— Prenez garde ! Montorcy, le cardinal est renseigné par une armée d'espions. Souvenez-vous de l'aventure de ce pauvre comte Renaud de Miramas qui, le mois dernier, fut trouvé percé de coups d'épées non loin du logis de Marion Delorme... Avant de mourir il eut encore la force du murmurer « Laffemas ».

— Je suis de force à me défendre !...

— Miramas était une fine lame.

— L'amour décuplera mon énergie.

— Miramas était amoureux... et d'une reine, encore...

— D'une reine de bohémiens...

— D'une reine de beauté qui vengera la mort de son amant...

Je suis persuadé que le Laffemas ne dort plus que d'un œil et que Richelieu a perdu le sommeil.

— Que m'importent ces misérables !... J'aime la Reine ! Pour un baiser de ses lèvres je consentirais à donner ma vie...

— C'est payer bien cher une minute d'ivresse...

— Vous ne donneriez pas votre sang jusqu'à la dernière goutte pour plaire à la duchesse ?

— Je lui plairais plus sûrement en conservant mes forces...

— Vous n'aimez pas Marie comme j'aime la Reine,

sans cela, Luc, vous comprendriez mes angoisses parce que vous les auriez ressenties... Vous partageriez mes souffrances parce que vous les auriez endurées...

— Parlez, ami... Je connais le mal d'aimer... Si j'affectais de railler, mon cher Pierre, c'était pour essayer de vous faire comprendre tout ce qu'il y a d'imprudente folie dans votre amour... Si je vous ai peiné, je vous en demande pardon... PARDONNE-MOI, frère par la douleur ; car moi aussi je souffre en dépit de ma mine volontairement joyeuse... La duchesse a été la maîtresse de ce Buckingham que je hais autant que tu le peux haïr... Elle fut adorée de Chalais... Elle sera aimée du roi quand elle le voudra. Son attachement à la reine l'empêche, seul, de trahir sa souveraine... Et quand après l'extase dans laquelle me plonge la moindre de ses caresses ; après ses longs baisers, je pense que des caresses pareilles et d'aussi voluptueux baisers ont fait tressaillir d'autres hommes avant de m'affoler, une immense tristesse tombe sur ma joie, un voile de deuil assombrit mon bonheur... Je me fais honte... Je jure de renoncer à ces lèvres trop prodigues de baisers sur des bouches différentes ; mais quand approche l'heure de l'extase, je deviens lâche et je tremble que l'adorée ne vienne pas... Nos souffrances sont les mêmes.

Le comte prit alors les mains de son ami.

— Tu m'as tutoyé. Conservons désormais cette coutume...

— De grand cœur ! s'écria le baron.

Les gentilshommes se donnèrent l'accolade.

— Est-ce aujourd'hui,... jour de rendez-vous ? demanda Montorcy.

— Oui, dans deux heures...

— Où ?

— Chez moi.

— Pour calmer tes souffrances tu as la possession, dit le comte, tandis que moi je n'ai rien pour adoucir les miennes...

— Cela viendra... On ne sait jamais ce que vous réserve un cœur féminin...

Nieuville recula d'un pas comme pour mieux examiner le comte.

— Mordious!... tu ressembles au duc de Buckingham... Plus je te regarde, plus je trouve parfaite cette ressemblance... Es-tu sûr de ne point avoir du sang anglais dans les veines, où le comte ton père n'a-t-il pas fait, dix mois avant la naissance du ministre de Charles Stuart, un voyage de l'autre côté de la Manche ?

— La question est aussi plaisante... qu'inattendue...

Mais le baron tenait à son idée...

— J'ai causé avec le duc lors du mariage d'Henriette de France et je t'affirme que tu es aussi beau que lui... Je te ferai la description des vêtements qu'il mettait de préférence, tu en feras confectionner de semblables, et...

— ... et ?...

— ... nous verrons ce qu'il en adviendra...

— Cette ressemblance avec George Villiers, duc de Buckingham, te semblera moins extraordinaire, reprit le comte, quand je t'aurai appris qu'une de mes arrières grand'mères était née Bertrande de Villiers...

— Tout s'explique ! s'écria le baron. Tu as comme le duc de grands yeux bleus et une magnifique chevelure blonde... La bouche d'un dessin parfait, la moustache insolente et la « royale » ondulée... Même taille élégante et comme lui de trente-trois à trente-cinq ans... Il faut que le costume — quand tu ne seras pas de service — rende plus frappante encore cette ressemblance... Le reste viendra... Permets que je te quitte...

— Va !... heureux amant...

— Heureux ! murmura le baron dont les yeux devinrent humides.

— Je maintiens le mot, insista le comte qui souriait à son ami...

— Soit !... Je suis *douloureusement* heureux...

X

Au Louvre...

La reine, entourée de ses femmes, écoutait distraitement une romance que chantait sa fidèle caméristе Estéfania.

Anne d'Autriche qui avait alors vingt-six ans était dans toute la force de sa beauté.

La cour était à cette époque remplie d'un grand nombre de belles dames. La reine était de l'avis de tous la plus jolie.

Elle avait dans l'air du visage de grands charmes, et sa beauté imprimait dans le cœur de ceux qui la voyaient une tendresse qui ne manquait jamais d'être accompagnée d'adoration...

Madame la duchesse de Chevreuse, assise auprès de la reine, était fort séduisante avec son visage intelligent et fier, ses beaux cheveux blonds, ses yeux bleus qui à certains moments semblaient noirs.

Mesdames de Montbazon, de Guéménée dont Monsieur, frère du roi, avait été amoureux, et que la reine Marie de Médicis, de crainte qu'il ne l'épousât, avait fait enfermer quelque temps au château de Vincennes, étaient également belles.

Leurs amours défrayaient la chronique galante de la cour.

Lorsque la camériste eut fini sa romance, Anne d'Autriche sembla voir à regret s'évanouir le songe heureux qui l'avait transportée au beau pays d'Espagne où le soleil illuminait sa radieuse enfance ; où les fleurs et les orangers parfumaient l'air...

— Merci, Estéfania... Ces chants me rappellent l'époque heureuse où je vivais exempte de soucis, de tristesses ; l'époque bénie où j'ignorais la haine...

Puis se tournant vers ses femmes, la reine ajouta :

— Retirez-vous, mesdames...

Mesdames de Guéménée, de Chevreuse et de Montbazon se levèrent et vinrent baiser la main de leur souveraine ; puis elles se dirigèrent vers la porte. .

— Marie...

La duchesse de Chevreuse se retourna...

— Reste ! ordonna la reine...

Mesdames de Montbazon et de Guéménée avaient quitté l'oratoire.

— Estéfania...

— Que désire Votre Majesté ?

— Regarde si les portes sont closes...

La caméristе souleva les tentures.

— Elles sont bien fermées, Votre Majesté peut être tranquille.

— Bien ! ma fidèle Estéfania...

Anne fit un pas au-devant de la duchesse et la prenant par la main, la fit s'asseoir dans le fauteuil voisin de celui où elle-même prit place.

— Comme je m'ennuie ! confessa la reine...

— Le roi ?

— Le roi est plus épris que jamais des yeux pleins de feu de mademoiselle de Hautefort... Ses regards ne sont cependant pas plus séduisants que les miens...

— Elle « tient » le roi en causant avec lui de chasse, d'oiseaux et de chiens... Voici le secret de son empire, ma reine bien-aimée... Si séduisante soit-elle, Mademoiselle de Hautefort n'oserait comparer sa beauté à celle de Votre Majesté,... elle est trop prudente pour courir à un affront certain...

— A part toi, ma bonne Marie, Estéfania et La

Porte, tout le monde dans ce Louvre me hait... Il me semble que mon cœur se reploie et que le sourire est déplacé sur mes lèvres... Lorsque je sors, je vois autour de mon carrosse les regards soupçonneux des gens du Cardinal... Le moindre de mes gestes est interprété d'une façon défavorable pour mon honneur ou mon repos. Le roi veut bien me délaisser ; mais il fait surveiller mes allées et venues... Il me trompe avec cette Hautefort qui se moque de lui, et se montre jaloux de sa femme qui respecte la foi jurée devant le prêtre.

— Pourquoi ne pas sortir, la nuit, lorsque dans le Louvre sommeillent vos ennemis.

— Un ennemi comme Richelieu veille toujours...

— Pauvre reine !... Et cependant, si vous y consentiez, je trouverais facilement le moyen de déjouer la surveillance du Roi et de son ministre...

— Tais-toi !

— Nous irions par la ville...

— Tais-toi !... Je t'en supplie, Marie... Tais-toi !

— Vous souffrez, reine adorée, parce que jamais un mot d'amour ne vient caresser votre oreille...

— De grâce !...

La reine effrayée avait posé sa main sur les lèvres de la duchesse...

Celle-ci baisa longuement les doigts parfumés ; puis obligeant Anne à s'asseoir, elle s'agenouilla devant elle...

— Pourquoi le mot « Amour » trouble-t-il Votre Majesté ?... L'Amour ; mais c'est la vie... L'Amour est plus nécessaire à l'existence d'une femme que l'air qu'elle respire; que les rayons du soleil qui font éclore les fleurs et féconder les moissons... L'Amour est tout, chère reine...

— Plus bas!...

— Est-ce parce que l'époux est indifférent, que la femme doit se résoudre à faire le sacrifice de sa jeunesse, de sa beauté, de ses aspirations? Si le roi satisfait ses désirs dans les bras d'une de vos dames d'honneur, est-ce une raison pour que vos ardeurs se trouvent assouvies?

— Tu as raison, Marie... Qu'y faire?

— Aimer!... Aimer un homme dont la beauté ravit d'orgueil le cœur d'une femme... Un homme sous les étreintes duquel on se pâme de joie lorsqu'il vous donne un long baiser d'amant... Il faut aimer, chère Reine...

— Puis-je aimer!... Le cœur d'une Reine peut-il répondre à un cœur qui l'appelle?... Une femme du peuple est libre d'aimer l'artisan dont l'amour a fait naître le sien... Une reine n'a pas ce droit!... On la fiance sans lui demander si elle aime l'époux auquel la Raison d'Etat l'oblige à consacrer sa jeunesse et sa vie... souvent on broie son cœur... Si le roi de France l'avait voulu je l'aurais aimé... Pourquoi me délaisse-t-il ainsi?... je suis belle cependant...

— Son Eminence est cause de tout le mal...

— Comme ce prêtre me hait!...

— Autant qu'il désire Votre Majesté.

— L'infâme!... J'aimerais mieux ouvrir mon alcôve

au premier gentilhomme qui se présenterait devant moi que de me donner à Richelieu... Si j'ai repoussé l'amour de Buckingham, ce n'est certes pas pour accepter celui du Cardinal...

— Je connais un homme qui pour un seul de vos regards damnerait son âme...

— Imprudente !.... Au Louvre, les murs ont des oreilles.

— Et qui pour baiser votre main donnerait sa vie...

Marie de Chevreuse avait prononcé ces paroles à voix basse.

Estéfania, l'oreille aux aguets ; l'esprit en éveil, avait soulevé une lourde draperie qui dissimulait la porte donnant sur la galerie.

Elle appliqua son oreille contre l'huis...

La reine et la duchesse, anxieuses, cessèrent de parler...

— Le Cardinal ou Sa Majesté passent dans la galerie, — murmura la camériste. — J'entends prononcer les mots « Votre Eminence »... « Sire »...

— Ils sont ensemble ! — dit Madame de Chevreuse...

— Je reconnais la voix de Sa Majesté ! — s'écria Estéfania...

Le visage d'Anne d'Autriche était devenu livide...

— Jamais le roi n'entre ici sans être accompagné de ce cardinal maudit.

— J'entends les pas des mousquetaires qui précèdent le roi, — dit la duchesse qui avait rejoint la camériste...

— Estéfania !...

— Majesté ?...

— Chante une chanson de notre belle patrie !... Que ce prince toujours en tutelle entende que la joie règne chez moi en dépit de son abandon et de sa lâcheté.

— Bravo !... Bravissimo !... l'idée est excellente, — s'écria la duchesse qui sourit à la pensée que le roi et le cardinal allaient enrager...

— Que faut-il chanter à Votre Majesté ? demanda Estéfania.

— *La Chanson des Tziganes...*

La Camériste prit sa guitare et chanta :

Vous demandez qui nous sommes,
Excellent homme,
Avant de vouloir nous loger ;
Puis nous héberger.
Nous venons du pays du soleil
Et des fruits vermeils.
Nous parcourons les grands chemins
Vers un but lointain.

Nous sommes des Tziganes,
Des Bohémiens, des Gypsies,
Des Gitanos d'Espagne,
Des Sindes, des Zingaries,
Solides gaillards et belles filles,
Nous sommes les Zingaries.

Nous offrons nos rouges lèvres,
Douce fièvre,
Nous affolons par nos baisers,
Savants, insensés.

Nos danses et nos joyeux refrains,
Notre joie sans frein.
Nous font les reines des chemins
Fleuris de jasmins.

Nous sommes des Tziganes,
Des Bohémiens, des Gypsies.
Des Gitanos d'Espagne,
Des Sindes, des Zingaries.
Solides gaillards et belles filles,
Nous sommes les Zingaries...

Madame de Chevreuse qui était restée près de la porte revint jusqu'à la reine...

— ILS sont là ! — dit-elle à voix basse en désignant l'huis...

— Continue Estéfania, — murmura Anne d'Autriche.

Vous demandez qui nous sommes,
Excellent homme,
Dont nous narguons les préjugés
Bons pour insurger.
Nous nous adorons en plein soleil,
Au grand jour vermeil.
L'amour est plus voluptueux
Sous la voûte des cieux.

Nous sommes des Tziganes,
Des Bohémiens, des Gypsies,
Des Gitanos d'Espagne,
Des Sindes, des Zingaries,
Solides gaillards et belles filles,
Nous sommes les Zingaries...

. . . .

— Solides gaillards et belles filles, — reprit la Reine, — Nous sommes les Zingaries. Ils savent aimer ces gens-là !

Le ton élevé avec lequel ces paroles furent prononcées ne pouvait manquer de les faire entendre jusque dans la galerie.

En effet, Louis XIII en comprit le sens... Il souffrit cruellement du reproche indirect qu'elles exprimaient. La face déjà pâle du souverain blémit... ses lèvres tremblèrent...

Richelieu qui l'observait semblait jouir de la douleur de l'époux d'une femme qu'il adorait... Il riait intérieurement de ce mari honoraire ou à peu près...

— Venez, Sire, dit-il, ne troublons pas « les amusements » de Sa Majesté la reine de France...

Il entraîna le roi vers un salon où ils pénétrèrent.

La voix du Cardinal avait eu l'intonation railleuse ; presque méprisante...

— Toujours des Chansons Espagnoles, murmura le roi.

— La Reine qui regrette sa patrie, prodigue ses faveurs aux créatures qui lui rappellent l'Espagne, Sire... Sa Majesté protège les bohémiennes qui dansent sur les places publiques.

— Comment cela ?

— Elle leur fait donner de l'or par ses femmes...

— Vous n'aimez pas les bohémiennes, Eminence...

— Je n'aime pas les ennemies de Votre Majesté.

— En quoi ces diseuses de bonne aventure ; ces danseuses étranges, sont-elles mes ennemies ?

— Elles espionnent pour le compte de l'Espagne et de l'Angleterre...

— Vraiment ?

— Il y a quelques mois, Laffemas, dont le zèle à servir Votre Majesté est proverbial avait jugé de son devoir de traquer une bande de ces gens-là dont le refuge se trouvait dans les Bois de Bagneux.

— Le motif, Eminence ?

— L'amant de la reine de ces bohémiens, un certain comte Renaud de Miramas, servait d'intermédiaire entre Lord Buckingham...

— Buckingham ! s'écria Louis XIII, dont le visage exprima une haine profonde...

— Lui-même, Sire...

— Je déteste cet anglais !...

— Et moi je le hais !..

— Ce comte de Miramas, disiez-vous, servait d'intermédiaire entre le duc et... qui ?

— Je ne sais si je dois....

— Richelieu baissant les yeux feignit de regretter d'en avoir déjà trop dit...

— Le roi s'était levé du fauteuil qu'il occupait... La colère et l'inquiétude angoissaient son visage... Il demanda :

— De qui s'agit-il ?

— De grâce, Sire...

— Répondez Eminence !... Répondez ! je le veux...

— Je n'ai pas de preuves palpables, Sire... Puis la personne soupçonnée est une si grande dame...

— La Chevreuse?

— SAUVEZ LA REINE !...

— Bien plus grande dame, Sire...

— La Reine ?...

— Hélas !...

— Ce mot avait été prononcé si tristement que Louis XIII fut touché de voir son ministre souffrir presque autant qu'il souffrait lui-même.

La colère illumina les yeux du roi...

— Ainsi vous n'avez aucune preuve palpable de l'entente qui paraît exister entre la reine et ce duc maudit ?

— Non, Sire...

— Et ce Miramas ?

Il y a plusieurs semaines que Laffemas a mis ses comptes en règle avec lui...

Le roi n'insista pas... Il avait compris.

— Je vous ordonne, dit-il, de faire étroitement surveiller la Reine... De me débarrasser de ce Buckingham s'il osait mettre le pied en France... Je compte sur vous, Eminence, pour que la Reine ne s'aperçoive pas du redoublement de surveillance dont elle sera l'objet...

— Votre Majesté peut compter sur le zèle de son dévoué serviteur répondit le Cardinal...

Lorsque Richelieu fut rentré au Palais-Cardinal, il ordonna d'introduire Laffemas et Chafouin, qui faisaient antichambre.

Le Cardinal donna de minutieuses instructions qui ne furent pas sans leur causer une certaine surprise.

Chafouin apprit à Richelieu que le comte de Montorcy avait obtenu un congé de M. de Tréville, que son appartement situé, 73, rue de la Harpe était occupé depuis la veille par le baron de Nieuville qui n'avait cependant pas abandonné son pavillon voisin du Val-de-Grâce...

— Quel jour le comte de Montorcy a-t-il quitté Paris ?

— Hier soir, Eminence.

— Par quelle barrière ?

— La barrière Saint-Denis, Eminence.

« Service de la Reine... Il se rend certainement à Londres... », pensa Richelieu.

— Vous allez plus que jamais surveiller les allées et venues du baron de Nieuville...

— Votre Eminence peut compter sur mon zèle...

— Que se passe-t-il au « Lys d'or » ?

— Rien !... ou à peu près... Monsieur de La Porte vient souvent passer quelques instants auprès de Berluchot et de sa sœur ; mais je n'ai rien remarqué de saillant chez ces gens-là...

— Portez toute votre attention sur Nieuville... Son changement de résidence m'intrigue... N'était-ce pas au numéro 75 de la rue de Harpe que le duc de Buckingham descendit lors de son dernier voyage en France ?

— Les souvenirs de Votre Eminence sont exacts... J'ai ouï dire qu'il s'y rencontrait avec de grandes dames, déclara Chafouin.

— Laffemas, vous allez lancer vos meilleurs limiers à la poursuite du comte de Montorcy..., comme il a quitté Paris, hier soir, par la barrière Saint-Denis... Vraisemblablement le but de son voyage est l'Angleterre... ou tout au moins un des ports d'embarquement. Il ne faut pas que Montorcy arrive au terme de ce voyage... Je veux avoir ici dans le plus bref délai les papiers dont ce gentilhomme est sûrement porteur... Allez...

Les policiers sortirent.

— Cette fois, orgueilleuse reine, je vais tenir les preuves de tes relations avec ce Buckingham... Tu seras enfin à ma merci ! s'écria Richelieu...

— Il y a loin de la coupe aux lèvres, Monseigneur, dit le Père Joseph — l'Eminence Grise — qui, soulevant une draperie placée sur la porte secrète par laquelle il était entré, fit quelques pas dans le cabinet.

— Je la tiens ! s'écria-t-il, je la tiens bien !!! répéta le cardinal.

XI

La duchesse de Chevreuse parvenait, plusieurs fois chaque semaine, à consacrer quelques heures à son amant. Le pavillon voisin du Val-de-Grâce ne servait pas de théâtre à leurs amoureuses prouesses... Ils s'aimaient au domicile du comte de Montorcy.

La reine à laquelle Marie faisait un récit voluptueusement enchanteur des minutes passées dans les bras de Nieuville, commençait à désirer être aussi l'héroïne d'une amoureuse intrigue.

La surveillance du Cardinal *semblait* moins sévère. Plusieurs fois Anne d'Autriche, accompagnée de la duchesse de Chevreuse avait réussi à quitter secrètement le Louvre afin de respirer librement comme le faisait la dernière de ses sujettes...

Une semaine après le départ de Montorcy pour une destination connue de lui seul, de Nieuville et de la Duchesse, Richelieu fut avisé par Ignace Chafouin que le duc de Buckingham se cachait rue de la Harpe, chez le comte Pierre de Montorcy.

Richelieu, dont la douleur angoissa le visage, eut la force de maîtriser la surhumaine souffrance que cette nouvelle venait de lui causer.

— Gardez scrupuleusement le secret de la présence du duc, ordonna-t-il, il y va de votre fortune... ou de votre vie...

Ignace s'inclina.

— Buckingham à Paris !... Montorcy introuvable !.. La reine et la duchesse de Chevreuse doivent rire de moi... les imprudentes... murmura le Cardinal.

— Votre Eminence a-t-elle de nouvelles instructions à me donner ?

— Non, Chafouin, continuez à surveiller les gens qui entrent et sortent au 73, rue de la Harpe.

L'espion sortit...

Pierre de Montorcy, conseillé par la duchesse de Chevreuse, avait résolu de mettre à profit sa ressemblance avec Buckingham, non pour tromper la reine, mais pour essayer de s'en faire aimer. Il avait démandé un congé à M. de Tréville; était sorti de Paris par la barrière Saint-Denis; y était aussitôt rentré par la porte Saint-Victor; se dirigeait vers le pavillon habité par Nieuville, et y demeurait cloîtré jusqu'au moment où le tailleur-drapier qui avait habillé le duc lors de son séjour à Paris, remit au baron des vêtements identiques à ceux fournis au noble anglais.

Comme Nieuville et Montorcy étaient de même taille et de semblable corpulence, les vêtements essayés par le premier, habillèrent merveilleusement le second.

Richelieu fut avisé par le tailleur-drapier qui faisait partie de la police secrète, que des vêtements avaient été fournis *au* duc de Buckingham. Que le baron de Nieuville s'était chargé de les commander, de les essayer, de les payer...

— Chafouin ne s'est pas trompé, c'est bien LUI qui ose venir me braver en France... chez MOI...

La reine dont l'imagination était peuplée des voluptueuses images que les récits de Mme de Chevreuse y faisaient naître chaque jour, subissait également l'aiguillon de désirs que nul homme ne calmaient. Elle regrettait presque de s'être montrée cruelle envers Buckingham au moment des fêtes du mariage d'Henriette de France...

— J'aurais le souvenir de minutes exquises pour me consoler de l'abandon dans lequel me laisse le roi... La nuit, en songe, je sentirais les lèvres d'un amant se poser sur les miennes; j'éprouverais peut-être l'illusion des délicieuses étreintes, murmurait-elle.

La reine était dans un état d'esprit et de corps favorable à la réalisation des projets formés par un homme épris de sa beauté et de sa grâce.

Un soir, accompagnée de la duchesse et du baron de Nieuville, Anne d'Autriche quitta le Louvre...

XII

Les valets de Montorcy avaient été éloignés...

Dans une chambre somptueuse, éclairée seulement par la flamme discrète d'une cire parfumée, le comte vêtu d'un costume semblable à celui que Buckingham portait lors de son séjour à Paris, se promenait à grands pas...

La draperie qui masquait une des portes fut lentement levée... Nieuville apparût...

La reine et Marie de Chevreuse pénétrèrent dans la pièce...

— Vous ! s'écria Montorcy en étendant les bras...

Malgré les masques dont les visages étaient recouverts ; en dépit des manteaux qui dissimulaient les vêtements, Pierre avait deviné les trois personnages.

— Lui ! murmura la reine trompée par la ressemblance et aussi par le costume.

Montorcy s'était précipité aux genoux d'Anne d'Autriche, et avant que l'adorée eût pu s'y opposer, il lui saisit les mains qu'il couvrit de baisers fous,

La jeune souveraine sentait une fièvre intense brûler dans ses veines... Sa vue se troubla... Le sang afflua vers son cœur... Elle chancela.

Le comte qui s'était relevé reçut la reine dans ses bras ; il la soutint étroitement serrée contre sa poitrine.

Le baron et la duchesse avaient quitté la chambre.

Anne d'Autriche, malgré le trouble délicieux qui s'emparait de toutes ses facultés, comprit qu'elle jouait un rôle dans une scène concertée à son insu. L'orgueil de sa race et la colère d'avoir été dupe de l'intrigue qui la mettait à merci de cet homme, firent monter à ses lèvres le mot :

— Infamie !

— Infamie ! dites-vous, Madame... Je proteste de toute la force de mon amour... Est-ce une infamie d'aimer la plus parfaite créature qui jamais régnât sur le monde ?... Est-ce une infamie de vous adorer, — non parce que vous êtes illustre, — mais parce que vous êtes belle, ma douce reine...

— George, dit-elle, pourquoi êtes-vous ici ?

Malgré tout l'honneur de sa race qui se dressait devant lui pour lui reprocher d'abuser d'une ressemblance destinée à tromper cette noble femme, Montorcy continua à jouer son personnage de George de Villiers, duc de Buckingham.

— Je suis ici, parce que je vous aime, madame...

— Le roi et le Cardinal vous haïssent. Votre existence est en danger.

— Que m'importent le roi et son ministre... Que

m'importent les dangers que je puis courir... Je vous vois, Anne... J'entends votre douce parole... Je suis heureux...

— Partez ! duc... Fuyez-moi, je vous en conjure... Les moindres de mes actes sont épiés... Peut-être des espions ont-ils déjà dénoncé votre présence... Si vous m'aimez, fuyez-moi : car je sens que mon amour vous sera fatal...

— De grâce, ô ma reine tant aimée...

— Mon cœur s'angoisse, George, un danger nous menace... Je suis certaine que l'heure terrible va sonner pour nous... Partez !... Partez !... Partez !...

— J'obéirai ; mais donnez-moi un inoubliable gage, supplia le comte qui mit un genou à terre...

La reine se pencha et mit un long baiser sur les lèvres de Montorcy.

— Je puis mourir maintenant, murmura le gentilhomme...

La portière fut brusquement soulevée et livra passage à Mme de Chevreuse et à Nieuville...

— Des pas et le cliquetis des armes retentissent dans l'escalier, dit le baron.

La duchesse qui s'était approchée du comte lui murmura :

— Jouez votre rôle jusqu'à la fin...

— Il est perdu ! s'écria la reine, et moi je suis déshonorée...

Des coups frappés contre la porte donnant sur l'escalier parvinrent jusqu'aux acteurs de cette angoissante tragédie...

UN BAISER
DE
REINE

La duchesse de Chevreuse tira une clef de son aumônière et l'introduisit dans une serrure dissimulée derrière une tapisserie...

Un panneau se déplaça suffisamment pour permettre à une personne de moyenne corpulence de se glisser entre lui et la muraille...

— Sauvez la reine, supplia Montorcy en faisant signe à Nieuville d'entraîner Anne d'Autriche.

— Je ne veux pas que vous restiez ici, répliqua la reine dont la pâleur était devenue effrayante...

— Ouvrez, au nom du roi ! dit une voix que Nieuville reconnut appartenir à Laffemas.

Anne regarda douloureusement celui qu'elle croyait être George de Villiers...

— Je réponds de la sûreté de mylord, déclara Mme de Chevreuse.

La reine murmura :

— Adieu !...

Nieuville qui lui avait jeté son manteau sur les épaules l'entraîna... Le panneau poussé par Marie de Chevreuse se referma derrière les fugitifs.

Impatient de saisir la proie promise à sa haine par un rapport récent de Chafouin, Richelieu accompagnait ses exempts et les spadassins.

Comme les « coupables » semblaient se soucier médiocrement des sommations qui furent faites, Laffemas ordonna à ses acolytes de faire sauter la serrure de la porte d'entrée... Ce fut une besogne facile et familière à ces Chevaliers du rapt et des sombres embuscades.

Laffemas s'élança le premier dans la maison...

Le comte, l'épée haute attendait de pied ferme le choc des envahisseurs...

— Il me les faut vivants ! ordonna Richelieu.

Cette voix si connue fit, en la circonstance, sourire les « assiégés ».

— De quel droit envahissez-vous ma demeure ? demanda Montorcy.

— Du droit d'arrêter des coupables, répondit le ministre...

— Coupables !... Nous !... Mais de quoi donc ?... Je supplie Votre Eminence de nous l'apprendre ? demanda audacieusement Marie de Chevreuse.

— La duchesse ! murmura le Cardinal qui, bousculant Laffemas médusé par la stupeur, s'était élancé vers la jeune femme.

— ...Et le comte de Montorcy, Eminence, dit railleusement Pierre qui ajouta, Monsieur le duc de Chevreuse vous sera reconnaissant, Monseigneur, de prendre un tel souci de son épouse...

— Montorcy ! C'est impossible !... Vous êtes le duc de Buckingham.

Les policiers avaient allumé des cires... La pièce était maintenant éclairée à profusion... Richelieu examina mieux le jeune homme...

— Vous n'êtes pas le ministre du roi Charles, Monsieur le comte, mais vous lui ressemblez étrangement, dit-il.

— J'ai compté des de Villiers dans ma famille, répondit Montorcy...

— Chafouin s'était approché du cardinal et lui avait dit quelques paroles à voix basse...

— Deux femmes et un gentilhomme ont pénétré dans cette demeure, reprit Richelieu... Où est la seconde femme ?

— Une seule femme a pénétré ici, Éminence, et cette femme vous l'avez devant vos yeux, déclara la duchesse...

— Visitez cette demeure ! ordonna le terrible ministre.

Deux exempts et quelques spadassins qui avaient déjà parcouru la maison en tous sens, se montrèrent sur le seuil de la pièce où se tenaient les principaux acteurs de ce drame.

— Nous n'avons rien découvert, Monseigneur, dit l'un d'eux.

— J'ai cependant vu... ce qui s'appelle vu !... pénétrer trois personnes... répéta Ignace...

Comme Richelieu était « beau joueur » et aussi qu'il ne voulait pas jouer un rôle ridicule vis-à-vis de la duchesse, il interrompit Chafouin en déclarant :

— Les amours de Madame de Chevreuse n'ont rien de commun avec le motif de haute politique qui a nécessité la perquisition que l'on vient d'opérer pour le service du roi... J'ordonne que le silence soit gardé sur cette aventure... J'ordonne !... Entendez-vous ?... J'ordonne !...

Sans daigner s'excuser d'avoir troublé la duchesse et le comte, Richelieu quitta la chambre. Laffemas,

Ignace et les policiers suivirent piteusement le Maître...

La reine fut sauvée grâce à Mme de Chevreuse qui n'avait eu garde d'oublier de se munir d'une clef minuscule, servant à ouvrir la porte du couloir, mettant en communication la maison habitée par Montorcy, avec les jardins qui bordaient la rue Saint-Jacques.

Nieuville, qui connaissait admirablement le chemin par lequel sortait sa maîtresse lorsque sonnait l'heure de la séparation, guida Anne d'Autriche.

Le gardien d'une des poternes du Louvre, sur lequel la beauté brune d'Estéfania avait un grand empire, facilita l'entrée de la reine dans le palais.

Lorsque Montorcy, qui avait accompagné la duchesse de Chevreuse jusqu'à son hôtel situé rue Saint-Dominique, lui jura de se faire tuer à son service le cas échéant,

La grande dame répondit :

— Vivez pour la Reine...

Courbevoie.—Imprimerie E. Bernard et Ce, 14, rue de la Station.
Bureaux : 29, Quai des Grands-Augustins, Paris.

Courbevoie. — Imprimerie E. Bernard et Cie.

www.ingramcontent.com/pod-product-compliance
Ingram Content Group UK Ltd.
Pitfield, Milton Keynes, MK11 3LW, UK
UKHW022030170726
13837UKWH00002B/503